kOrk
Elfenversteck
Tor zur Menschenwelt
Todessümpfe
Drachenfriedhof

Klaus-Peter Wolf
wurde in Gelsenkirchen geboren. Schon in der Schule schrieb er lieber unter der Bank Geschichten, statt sich am Unterricht zu beteiligen. Seine Bücher wurden vielfach ausgezeichnet, u. a. erhielt er den Erich-Kästner-Preis und den Anne-Frank-Preis.
www.klauspeterwolf.de

Bettina Göschl
wurde 1967 in Bamberg geboren. Schon mit sieben Jahren wollte sie Sängerin werden und schreibt seit 1992 Lieder für Kinder.
Mit Klaus-Peter Wolf hat sie schon einige Kinderbücher veröffentlicht.
www.bettinagoeschl.de

Inhalt

Max Klaphecke

ist zehn und liebt Computerspiele über alles – aber nur, wenn er gewinnt! Auch im wirklichen Leben spielt Max gerne den Helden und hat immer einen coolen Spruch auf den Lippen. In der Schule ist er supergut, und über alberne Geschichten von Zauberern und Elfen kann er nur lachen. Bis er eines Tages selbst im Reich der Elfen landet und vom bösen Zauberer Kro gejagt wird ...

Mo

ist eine Elfe und die beste Freundin der Kinder, nachdem sie auch Max davon überzeugt hat, dass es sie wirklich gibt. Sie kann zaubern und hilft den Geschwistern im Kampf gegen den bösen Zauberer Kro, der das gesamte Elfenreich mit seiner schwarzen Magie beherrscht. Wenn es drauf ankommt, ist Mo immer zur Stelle.

Marie Klaphecke

ist Max' jüngere Schwester. Im Gegensatz zu ihrem Bruder schreibt sie ständig schlechte Noten, weil sie lieber vor sich hin träumt als im Unterricht aufzupassen. Sie liebt Geschichten von Zauberern und Prinzessinnen, am liebsten wäre sie selbst eine Prinzessin. Manchmal verwechselt sie die Geschichten mit dem wirklichen Leben. Deshalb glaubt ihr Max auch erst kein Wort, als sie ihm erzählt, dass sie eine echte Elfe gesehen hat ...

Eine Einladung vom bösen Zauberer

Max hasste es Unkraut zu zupfen, aber er hatte es seiner Oma versprochen. Marie hingegen pflückte Erdbeeren, von denen sie die meisten auch gleich aufaß – da konnte man schon ein bisschen neidisch werden.
Die Oma brachte ein Tablett mit dampfendem Kakao, Kaffee und ihrem selbst gebackenen Streuselkuchen auf die Terrasse.
Wieder stopfte sich Marie zwei große saftige Erdbeeren in den Mund.
„Nasch nicht so viel!", rief Frau Klaphecke.
Grinsend drehte sich Max um. „Keine Sorge, Oma! Ich mag kein Unkraut!"
Marie bekam davon gar nichts mit, denn wie so oft war sie in Gedanken versunken. In der Schule machte ihr das ziemlich oft Probleme. Auch Hausaufgaben waren nicht ihre Stärke. Sie dachte sich lieber Geschichten aus und liebte Märchen über alles. Aber zum Glück waren jetzt Sommerferien.
Plötzlich hörte Marie ein bekanntes Surren hinter sich. Sofort drehte sie sich um. Zwei schillernde Libel-

len tanzten über ihrem Kopf in der Luft. Vorsichtig streckte Marie die Hand nach ihnen aus. Sanft setzte sich eine Libelle auf ihre Finger.
„Bist du Mo?“, fragte Marie.
Aber die Libelle antwortete nicht. Sie war keine Elfe, sondern eben nur eine Libelle. Enttäuscht ließ Marie sie wieder fliegen. Tag und Nacht dachte Marie an ihre Freundin Mo im Elfenreich.
Misstrauisch beobachtete Max, dass seine Oma den Tisch nicht nur für drei, sondern für vier Personen gedeckt hatte. Es passte ihm überhaupt nicht, denn er ahnte, wer zu Besuch kommen würde: der neue Nachbar, Herr Meister. Ausgerechnet in den hatte sich seine Oma verliebt.
Frau Klaphecke hielt ihn für einen harmlosen, netten älteren Herrn. Sie hatte nicht die geringste Ahnung davon, welches Geheimnis er hütete. In ihm steckte der böse Zauberer Kro. Er benutzte den Körper von Herrn Meister, um sich über die Oma an Marie und Max heranzumachen, denn er wollte seine beiden Enkel unbedingt in das Elfenreich holen.
Einerseits wollte Max seiner Oma nichts davon erzählen, denn er hatte Angst, wie ein Idiot dazustehen. Meistens lachten Erwachsene nur über solche Geschichten. Max selbst hatte es bis vor kurzem nicht glauben können. Doch jetzt wollte er es seiner Oma nicht mehr länger verschweigen, denn sie befand sich in großer Gefahr.

„Marie! Max! Kommt bitte!“, rief Frau Klaphecke. „Wascht euch die Hände! Es gibt Kakao und Kuchen, und außerdem bekommen wir gleich Besuch.“ Bei diesen Worten strahlte Frau Klaphecke über das ganze Gesicht und strich sich ihr neues Kleid glatt.

Als Marie sah, dass Omas Gesicht geschminkt war, wusste sie sofort, wer zu Besuch kommen würde.

„Nein, Oma! Nicht der schon wieder!“, protestierte Marie.

Max spürte die Kraft eines Drachentöters in sich und schlug seine Harke mit voller Wucht in den Rasen, als ob dort ein Untier lauern würde.

„Ich kann den Typ nicht ab, Oma!“, schimpfte er.

Oma atmete schwer aus. „Was habt ihr nur gegen Herrn Meister? Er ist so ein netter Mann. Ihr seid wirklich ungerecht!“

„Er ist ein dummer alter Schleimer!“, rief Max aufgebracht. „Noch bescheuerter als mein Mathelehrer. Und dazu gehört schon was!“

Frau Klaphecke schluckte und drehte ihr Gesicht zur Seite. Sie kämpfte mit den Tränen.

Marie sah das und bekam sofort ein schlechtes Gewissen. Seitdem ihre Eltern von einer Expedition nicht mehr zurückgekehrt waren, sorgte sich die Oma ganz rührend um Marie und Max. Niemand war zu ihnen so gut gewesen. Frau Klaphecke versuchte ihnen Mama und Papa zu ersetzen. Wäre doch Herr Meister wirklich nur der nette ältere Herr, den Oma in ihm sah – und

nicht der böse Zauberer Kro. Das hier hatte Oma einfach nicht verdient.
„Das ist wirklich nicht fair, Kinder!“, sagte Oma traurig. „Es geht mir mit Herrn Meister sehr gut. Ich lebe schon so lange allein. Wieso gönnt ihr mir denn nicht ein wenig Glück?“
„Wir gönnen dir alles Glück der Welt, Oma!“, sagte Max. „Nimm jeden anderen, nur nicht den!“
Marie hielt es nicht mehr aus. „Oma muss endlich die volle Wahrheit erfahren, Max!“
Max blickte zu Marie, dann zu Oma. „Marie, das hat keinen Sinn. Sie glaubt uns sowieso nicht!“
„Was glaube ich euch nicht?“, fragte Frau Klaphecke verwirrt. „Was ist eigentlich los mit euch?“
Sofort rannte Marie vom Garten ins Haus, ohne dabei ihre Gummistiefel auszuziehen. Und das war eigentlich streng verboten. Sie hinterließ auf dem Teppichboden Gartenerde, doch das schien in dem Moment niemanden zu stören. Mit dem großen Elfenbuch kam Marie zurück. Sie schlug es auf und tippte mit ihrem Zeigefinger auf die Seiten.
„Hier! Lies das!“, sagte sie. „Hier steht alles geschrieben! Unsere Mama war keine gewöhnliche Archäologin. Sie wurde als echte Elfe geboren. Ihr Papa ist der böse Zauberer Kro. Der war nicht immer böse. Aber als sich Mama in unseren Papa verliebt hat und ihn dann heiraten wollte, ist Kro fast verrückt geworden. Denn unser Papa war nur ein einfacher Mensch. Seitdem ist

Kros Herz aus Eis. Er hat im Elfenreich seine Schreckensherrschaft errichtet."

Oma setzte sich und hörte aufmerksam zu. „So, so. Eure Mama war also eine echte Elfe."

„Ja, genau", antwortete Marie.

Max schwieg. Er ahnte, dass das hier schief gehen würde.

Aber Marie fuhr unbeirrt fort. „Ich weiß, das klingt alles ziemlich merkwürdig. Aber Max und ich sind die auserwählten Kinder, Oma! Der Zauberer Kro will uns zu seinen Nachfolgern machen. Wir sind seine einzigen lebenden Verwandten, verstehst du? Er ist unser Opa!"

Marie blätterte im Elfenbuch und zeigte Oma ein Bild von Herrn Meister. „Hier, Oma. Sieh nur, das ist er! Lies doch selbst."

Staunend nahm Frau Klaphecke das Buch an sich und betrachtete die Bilder.

„Das Elfenbuch schreibt diese Geschichte selbst, Oma", erklärte Marie. „Max und ich waren schon zweimal im Elfenreich, und jedes Mal stand es anschließend in diesem Buch. Weißt du noch? Als du es zum letzten Mal gesehen hast, waren nur ein paar Seiten beschrieben. Jetzt ist fast das halbe Buch voll!"

Gerührt nahm Frau Klaphecke ihre Enkelin in die Arme. „Du hast fast 120 Seiten geschrieben, Marie? Hat Max dir dabei geholfen? Ihr habt ja richtig Talent. Wir sollten das Buch unbedingt deiner Lehrerin zeigen, Marie. Die ahnt gar nicht, wie gut du schreiben und

zeichnen kannst. Das täte deinem Zeugnis bestimmt gut."
Max sah Marie an und winkte ab. „Ich wusste es! Sie glaubt uns kein Wort."
„Das waren wir nicht, Oma!", rief Marie verzweifelt. „Das Buch schreibt sich wirklich von selbst. Du musst mir glauben, denn du bist in großer Gefahr. In Herrn Meister steckt der böse Zauberer Kro!"
„Gib auf, Marie!", zischte Max.
„Ich kann euch beide ja verstehen", antwortete Frau Klaphecke. „Ihr hängt sehr an euren Eltern. In eurer Fantasie können sie weiterleben. Das finde ich ganz wundervoll. Du machst sie in deinem Buch zu etwas ganz Besonderem, Marie! Auch mir fehlen die beiden sehr." Omas Augen wurden feucht. „Ich habe euch beide so lieb. Ihr müsst aber keine Angst haben, dass auch ich aus eurem Leben verschwinde. Wenn ich mit Kurt Meister zusammen bin, ändert sich daran nichts. Er mag euch doch auch und hat uns sogar alle zusammen auf die Insel Sylt eingeladen. Wir können dort Urlaub machen."
„Nein, bitte nicht!", stieß Max hervor.
Maries Magen krampfte sich zusammen.
Oma versuchte gute Laune zu verbreiten. „Ihr werdet staunen. Er hat sogar ein eigenes Segelboot und ein Ferienhaus direkt am Meer. Wir werden bestimmt viel Spaß miteinander haben – wenn ihr ihm eine Chance gebt!"

Es klingelte an der Tür. Oma sah Max auffordernd an. Doch der blieb stur stehen. „Also, ich mach dem jedenfalls nicht die Tür auf!“

Oma ging selbst zur Tür und sah Marie und Max streng an. „Bitte, Kinder, jetzt benehmt euch! Und wascht euch endlich die Hände!“

Flugnummer 777

Schon eine Woche später stand Kros voll bepackter, nagelneuer Wagen vor der Tür. Es ging ab nach Düsseldorf und von dort mit dem Flugzeug nach Westerland auf Sylt.

Bis zur letzten Minute hatten Marie und Max überlegt, wie sie den Urlaub verhindern könnten. Die beiden waren sich aber darin einig, dass sie ihre Oma nicht mit Herrn Meister allein fahren lassen wollten. Sie mussten sie beschützen. Max hatte vorsichtshalber seine Taschenlampe und sein Taschenmesser mitgenommen. Nicht viel, um den größten Kampf seines Lebens zu bestehen. Ja, genau so fühlte er sich – wie kurz vor dem entscheidenden Duell!

Marie trug das Medaillon mit den Fotos ihrer vermissten Eltern um den Hals. Wenn sie es mit den Fingerspitzen berührte, wurde ihr ganz warm ums Herz. Es war ihr dann, als könnte sie Mamas Anwesenheit riechen. Ohne dass sie Parfüm benutzt hätte, duftete sie immer wie eine frische Frühlingswiese mit wilden Kräutern. Marie öffnete das Medaillon jeden Morgen, um ihren

Eltern einen guten Tag zu wünschen, und abends, um ihnen gute Nacht zu sagen. Dann hüllte sie das Elfenbuch in sein Samttuch und packte es in ihren Rucksack.
Es war seit Tagen schwül-heiß, und Oma freute sich auf eine frische Brise am Meer. Herr Meister hatte im Auto sogar für kühle Getränke gesorgt. Er schien gut gelaunt und ließ sich die Stimmung auch nicht dadurch verderben, dass Marie und Max auf alle Fragen nur mit „Hm" antworteten. Während der Fahrt zum Flughafen lobte Oma die Klimaanlage im Auto – die mache die Luft so schön kühl. So etwas Angenehmes habe es früher ja gar nicht gegeben.
Max beugte sich vor. „Das ist nicht die Klimaanlage, Oma. Das ist der Typ neben dir. Er hat ein Herz aus Eis!"
Herr Meister tat, als hätte er das nicht gehört.
Am Flughafen gab Herr Meister noch ein Eis aus. Er reichte Marie und Max versöhnlich die Hand.
„Wollen wir das Kriegsbeil nicht begraben und Freunde werden?", säuselte er.
Oma nickte den Kindern aufmunternd zu.
Max schüttelte den Kopf. „Auf keinen Fall. Wer Sie zum Freund hat, braucht keine Feinde mehr!"
Für einen kurzen Augenblick glaubten Marie und Max, dass Herr Meister sich in die hässliche Gestalt von Kro verwandeln würde. Es schien, als würde seine Haut Risse bekommen und das Monster darunter sichtbar werden.

Marie und Max fühlten einen Anflug des Grauens, dem sie schon zweimal entkommen waren. Beim ersten Mal hatte Kro die Geschwister durch eine Geisterbahn in sein Reich gelockt. Beim letzten Mal waren sie durch ein Theaterstück in Kros Fänge geraten. War dieser Flughafen auch so eine Falle? Ging es statt nach Sylt direkt in Kros finsteres Reich?

Herr Meister fing sich sofort wieder und setzte ein verständnisvolles Lächeln auf. „Ich kann ja verstehen, dass ihr auf mich eifersüchtig seid“, sagte er, „aber ich will euch eure Oma nicht wegnehmen. Sie ist die zauberhafteste Frau, die mir je begegnet ist. Jetzt gebt euren Herzen einen Stoß! Ihr dürft ruhig Kurt zu mir sagen.“

Er versuchte Maries Hand zu nehmen, um sie zu schütteln, aber sie zog sie weg. „Ich werde Sie niemals Kurt nennen! Du bist Kro, der böse Zauberer!“

Vor Scham wurde Oma rot im Gesicht. Sie entschuldigte sich für das Verhalten ihrer Enkel. „Sie meinen es nicht so, Kurt. Die Kinder haben es momentan nicht leicht, verstehst du?“

„Schon gut, Elisabeth“, lenkte Herr Meister ein. „Ich kann einen guten Scherz vertragen. Die Kinder testen mich bestimmt nur aus. Sie wollen sehen, ob ich ausraste wenn ich wütend werde. Das haben wir früher doch alle getan, stimmt's?“

Oma schüttelte den Kopf: „Niemals! Ich doch nicht. Dafür hätte ich viel zu viel Angst gehabt. Was glaubst du, wie streng meine Eltern gewesen sind!“

Herr Meister lächelte milde. „Dann nehme ich die Frechheit der Kinder als Kompliment. Sie haben offensichtlich keine Angst vor mir.“

„Der verdreht alles!“, schimpfte Marie. „Wenn ich jemals in meinem Leben vor einem Menschen Angst hatte, dann vor ihm. Lass uns hier bleiben Oma. Wir wollen nicht nach Sylt.“

„Die Kinder haben Flugangst, Elisabeth. Das ist es“, sagte Herr Meister sanft. Er wandte sich an die Geschwister. „Ihr braucht keine Angst zu haben. Fliegen ist ein sehr sicheres Mittel der Fortbewegung. Autofahren ist viel gefährlicher. Es sterben mehr Menschen durch Autounfälle als ...“

Max unterbrach ihn barsch: „Das wissen wir! Wir sind doch nicht blöd. Sie glauben wohl, wir fliegen zum ersten Mal. Irrtum! Wir sind mit unseren Eltern um die halbe Welt geflogen. Die waren nämlich Forscher und ...“

Eine freundliche Stimme ertönte: „Die Maschine nach Sylt ist einstiegsbereit. Flugnummer 777. Wir bitten die Passagiere zum Ausgang B.“

Marie und Max sahen sich an. Sie fassten sich an den Händen – fest entschlossen der Oma nicht von der Seite zu weichen.

Dann mussten sie durch eine Sicherheitsschleuse. Das Taschenmesser in Max’ Hosentasche und seine Taschenlampe lösten einen Alarm aus.

Die Sicherheitsbeamtin war nett aber energisch. „Du

musst Metall bei dir haben“, sagte sie. „Bitte leg es hier auf den Tisch.“
Max zeigte sein Messer und die Lampe.
„Das Messer musst du leider abgeben, damit darf ich dich nicht in die Maschine lassen. Unser Pilot händigt es dir nach dem Flug wieder aus.“
Max stöhnte. Jetzt war er ohne Waffe. Wie sollte er seine Oma und seine kleine Schwester verteidigen? Noch einmal atmete Max schwer aus. Er hatte feuchte Hände. Marie spürte seine Angst, denn sie kannte ihn gut. Sie ahnte, dass er am liebsten einen coolen Spruch vom Stapel lassen würde, um seine Angst zu überspielen. Aber ihm schien nichts einzufallen.
Schon bestiegen Marie und Max das Flugzeug. Es sah von innen eher aus wie eine Kiste, so klein war es. Es gab nur 18 Sitzplätze, und man konnte nicht einmal aufrecht darin stehen.
„Hier ist es ja so eng wie in einem Sarg!“, maulte Marie. „Mit Mama und Papa sind wir in viel größeren Maschinen geflogen.“
Kro lächelte Marie an. „So große Maschinen können in Westerland gar nicht landen, Marie. Sylt ist eben eine kleine Insel.“
Marie sah sich um. Alle anderen Sitzplätze waren leer. „Sag mal, Oma, kommt dir das nicht komisch vor? Wir sind die einzigen Passagiere. Lass uns abhauen, bevor das Ding startet.“
Sanft strich Frau Klaphecke ihrer Enkelin über die Wan-

ge. „Hab keine Sorge, mein Schatz. Dieser Flug hat Herrn Meister bestimmt ein Vermögen gekostet. Lehne dich zurück und genieße ihn einfach."

Max saß so weit vorn, dass er direkt ins Cockpit gucken konnte. Die beiden Piloten begrüßten ihn freundlich. Ohne dass er gefragt hatte, begannen sie ihm die Geräte zu erklären. Zu einem anderen Zeitpunkt wäre Max sicherlich davon begeistert gewesen. Doch jetzt interessierte ihn nur eine Frage: Würde diese Maschine überhaupt auf Sylt landen? Oder flog sie direkt in Kros dunkles Reich?

„Schnallt euch alle an!", forderte Herr Meister. „Gleich geht es los. Es könnte ein turbulenter Flug werden. Über dem Meer ist es sehr windig."

Schon rollte das kleine Flugzeug auf die Startbahn.

Marie krallte sich mit einer Hand an der Armlehne fest. Mit der anderen hielt sie das Medaillon. Die Erinnerung an ihre Eltern beruhigte sie. Noch nie war sie ohne Mama und Papa geflogen. Die Maschine beschleunigte das Tempo. Beim Start wurde Marie hart in den Sitz gedrückt. Als der Druck nachließ, sah Marie aus dem kleinen Fenster. Sie befanden sich nicht mehr auf dem Erdboden, sondern schwebten in der Luft.

Oma saß hinter Marie. Sie hielt mit Herrn Meister Händchen, und ihre Wangen glühten vor Aufregung. „Wie wundervoll!", schwärmte sie. „Ich bin seit vielen Jahren nicht mehr geflogen."

Herr Meister beugte sich zu ihr und küsste ihre Hand.

„Ich freue mich sehr darauf dir mein Haus am Meer zu zeigen."
Max spürte den Druck auf den Ohren. Er schluckte, um sich Erleichterung zu verschaffen.
„Okay, Kro", zischte Max. „Du hast es nicht anders gewollt. Wir werden dich schon kriegen. Auf in den Kampf!"

Das Zauberschwert

Wie von Herrn Meister angekündigt, wurde das Flugzeug über der Nordsee vom Wind durchgeschüttelt. Marie und Max drückten sich ihre Nasen an den Fensterscheiben platt. Sie waren beide nervös und erwarteten gleich die Todessümpfe und das Eisschloss des bösen Zauberers unter sich zu sehen. Außerdem hielten sie nach dem Drachenfriedhof und den schwarzen, spitzen Bergen des Elfenreiches Ausschau. Stattdessen entdeckten Marie und Max die lang gezogenen weißen Sandstrände von Sylt.

„Seltsam, Max!“, murmelte Marie. „An einen Strand im Elfenreich kann ich mich gar nicht erinnern.“

„Und Eisbuden gab’s da auch nicht!“, erwiderte Max.

Die Maschine flog einen großen Bogen und setzte zur Landung an. Es ruckelte, als ob der Wind die Tragflächen des Flugzeugs abreißen wollte.

Für Marie wurde die Maschine plötzlich lebendig. Sie fühlte sich wie auf dem Rücken eines Flugdrachens. Dann setzten die Räder quietschend auf.

Wenn ich nicht aufpasse, werde ich noch verrückt, dachte Marie und sie wusste doch: Kro lauerte nur auf den Moment, an dem ihre Aufmerksamkeit nachließ. Sie waren die auserwählten Kinder, und er wollte sie zu sich in sein Reich holen – um jeden Preis.

Als sie ausstiegen, überprüfte Max sorgfältig den Boden. Er ließ Grashalme durch seine Finger gleiten und sog die salzige Meerluft ein. Keine Frage, sie waren wirklich auf Sylt. Das hier war keine Täuschung. Aber Kro war nicht der Typ, der vom Strandurlaub träumte. Er hatte Hintergedanken, einen Plan. Max spürte die drohende Gefahr wie den Atem eines lauernden Monsters in der Nacht. Nur – hier war es taghell. Keine der schwarzen, schwefelhaltigen Wolken von Kros Reich breitete sich über ihnen aus, sondern ein herrlicher blauer Sommerhimmel.

Jetzt bekam Max auch sein Messer vom Piloten zurück. Er habe als Kind ein Ähnliches gehabt, sagte der und fügte dann den typischen Erwachsenenspruch hinzu: „Pass nur auf, dass du niemandem damit wehtust. So ein Messer ist ganz schön gefährlich."

„Guter Tipp! Werde ich mir merken", konterte Max. Aber an Omas Gesichtsausdruck konnte er ablesen, dass sie es ihm sowieso wieder abnehmen würde.

Herr Meister versprach ein Holzschwert für Max zu schnitzen. Das sei für Jungen genau das Richtige.

„Na, da freue ich mich aber drauf", sagte Max spöttisch. „Ich kann heute Nacht bestimmt vor Aufregung nicht schlafen."

Sie fuhren mit einem Taxi zu Herrn Meisters Haus. Der Taxifahrer war merkwürdig unterwürfig. Er buckelte regelrecht vor Herrn Meister, trug die Koffer und erkundigte sich nach dem Wohlbefinden der werten Herrschaften.

So verhalten sich keine normalen Leute, dachte Max. Der Taxifahrer musste eines von Kros schrecklichen Geschöpfen sein.

Oma Klaphecke fand ihn ausgesprochen höflich und hilfsbereit, und sie freute sich, dass Herr Meister ihm ein dickes Trinkgeld gab.

Das Haus lag versteckt zwischen den Dünen am Ortsausgang von Rantum. Von der Straße aus konnte man es nicht sehen. Einsame Dünenwanderer hielten es bestimmt für ein ganz normales reetgedecktes Friesenhaus. Aber das war es ganz und gar nicht. Es hatte zwei Balkone. Vom Ostbalkon konnte man das Wattenmeer sehen und vom Westbalkon das offene Meer. Marie und Max bekamen ein Zimmer mit Stockbetten und Fenstern nach Westen. Von dort hörten sie die Wellen an den Strand schlagen.

Die Wände des Zimmers waren aus Holz. Viele postkartengroße Bilder hingen dort in edlen alten Rahmen. Jedes zeigte ein Schiff, das von einem Seeungeheuer angegriffen wurde. Auf einem zog eine Riesenkrake ein Segelschiff unter Wasser. Bei diesem Anblick war es Max, als würde er die Saugnäpfe auf der Haut spüren. Schon einmal hatte er gegen eine Krake gekämpft, damals, bei ihrem ersten Ausflug ins Elfenreich. Auf dem nächsten Bild durchbohrte ein gewaltiger Schwertfisch ein kleines Ruderboot. Daneben griff ein siebenköpfiges Ungeheuer ein Schiff an. Aus einem Maul spuckte es Feuer. Mit einem anderen verschlang es einen Matrosen.

Als Max sich die Bilder ansah, stand Herr Meister plötzlich hinter ihm. Max hatte ihn nicht kommen hören. Er fuhr erschrocken herum, als Herr Meister zu sprechen begann: „Gefallen dir die Kupferstiche? Sie sind sehr alt, aus einer Zeit, als die Menschen noch wussten, dass in den Tiefen der Meere Ungeheuer hausen."

Sofort fing Max sich wieder. „Niedliche Tiere. Obwohl ich mir so etwas nicht übers Bett hängen würde. Aber ich nehme an, Sie stehen auf so hässliche Kreaturen."

„Du hast Recht, Junge. Ich finde sie faszinierend", gab Herr Meister zu. „Du wirst bestimmt auch Gefallen an ihnen finden."

„Wer's glaubt, wird selig!", höhnte Max. „Das könnte dir so passen, Kro!"

Am Abend machten Oma und Herr Meister einen Strandspaziergang. Sie bestanden darauf alleine zu gehen. Sie wollten angeblich die Stille und den Sonnenuntergang genießen.

Marie fühlte sich gar nicht wohl bei dem Gedanken, Oma mit Kro allein ans Meer zu lassen. „Tu doch was!", beschwor sie Max.

Der hatte schon einen Plan. An der Wand im Wohnzimmer hing ein altes Fernrohr. Mit ein bisschen Glück funktionierte es noch. Vom Westbalkon aus konnte er das Liebespärchen damit beobachten.

Sie gingen tatsächlich Hand in Hand auf die Brandung zu. Dann standen sie still und sahen aufs Meer. Die Ausläufer der Wellen schienen an ihren Füßen zu lecken. Herr Meister legte den Arm um Frau Klaphecke.

„Ich glaub, mir wird schlecht", sagte Max. „Gleich küssen die zwei sich! Pfui Teufel!"

Herr Meister hob den rechten Arm und zeigte aufs Meer, als hätte er dort etwas entdeckt. Max war, als würden die Wellen augenblicklich höher an den Strand schlagen. Marie konnte es neben ihm mit bloßem Auge sehen.

„Beherrscht er die Wellen?", fragte sie mit einer Mischung aus Bewunderung und Abscheu.

„Der beherrscht im Grunde alles, Marie, nur nicht uns zwei. Und darauf können wir stolz sein. Vielleicht wird er gleich ein Seeungeheuer herbeirufen, das unsere Oma verspeist."

„Hör auf, du machst mir Angst."

Die Sonne versank im Meer wie ein roter Ball, der langsam unterging, weil er sich voll Wasser gesaugt hatte.

„Gleich sehen wir sie nicht mehr. Lass uns lieber zu ihnen runtergehen. Wenn wir nah bei Oma sind, tut er ihr bestimmt nichts!“, rief Marie.
Max sah seine Schwester ernst an. „Der will nichts von Oma. Der will uns, Marie. Das weißt du doch.“
„Ja, Max.“
Da kehrten Oma und Herr Meister um. Sie kamen mit vom Wind zerzausten Haaren und roten Wangen zum Haus zurück.
Herr Meister zündete das Kaminfeuer an. Dann öffnete er eine Flasche Rotwein.
Rechts und links neben dem Kamin standen zwei schulterhohe Drachen aus Marmor mit aufgerissenen Mäulern. Sie erinnerten Marie an den Eingang der Geisterbahn, durch den sie zum ersten Mal ins Elfenreich gekommen waren.
„Ist es nicht herrlich hier?“, seufzte Oma voller Wohlbehagen. Sie setzte sich in den Kapitänssessel am Kamin und reckte die nackten Füße dem Feuer entgegen.
„Ihr solltet jetzt besser ins Bett gehen, Kinder. Morgen werden wir sehr früh aufstehen“, sagte Frau Klaphecke. „Wir fahren mit Kurts Segelboot aufs Meer hinaus und besuchen die Insel Amrum. Sie ist gar nicht weit von Sylt entfernt.“
Herr Meister hatte plötzlich wie aus dem Nichts ein Holzschwert in der Hand. Er ließ die Klinge mit solchem Respekt durch seine Finger laufen, als prüfe er geschliffenen Stahl. Fast feierlich übergab er Max das

Schwert. „Es soll dir gehören, Max. Das Schwert ist eines Drachentöters würdig.“
„Blödsinn!“, protestierte Max. „Es ist nur aus Holz. Damit kann man den Kamin anzünden, aber keinen Drachen töten.“
Herr Meister schwang das Schwert mit beiden Händen über seinem Kopf. Es machte ein Geräusch, als würde es die Luft zerfetzen. Max zog den Kopf ein, als würde der Schlag ihm gelten. Er spürte den Luftzug der Klinge, als das Schwert an seinem Ohr vorbeisauste. Mit der Eleganz eines geübten Schwertkämpfers drehte Herr Meister sich um die eigene Achse und führte einen Schlag gegen die linke Drachenfigur am Kamin aus. Das Holzschwert glitt durch den Marmor, als sei er aus warmer Butter. Der Drachenschädel kippte vom Rumpf und krachte zu Boden.
Herr Meister drehte das Schwert um und hielt es Max noch einmal hin: „Ein Schwert ist immer nur so gut wie der Mann, der es führt.“
Max sah, dass seine rechte Hand gierig nach dem Schwert griff. Er konnte es nicht steuern. Er musste dieses Schwert plötzlich haben. Als er es berührte, durchrieselte ihn frische Energie.
Der Drachenkopf rollte vor Omas Füße.
„Du liebe Güte. Wie ist das denn passiert? Kinder, ihr habt doch wohl nicht die kostbare Figur kaputtgemacht?“
Herr Meister nahm die Geschwister sofort in Schutz.

„Nein, nein, Elisabeth, das war ich. Ich bin aus Versehen dagegen gestoßen."
Marie rannte in ihr Zimmer. Sie warf sich aufs Bett und schlug vor Wut mit der Faust in ihr Kissen.
Max folgte seiner Schwester. Er fühlte sich plötzlich sehr stark.
„Hast du das gesehen, Marie? Er hat mit dem Holzschwert Marmor zerschlagen."
„Jungen sind so blöd!", brüllte Marie. „Ich dachte, du bist Doktor Allwissend. Merkst du nicht, was der mit dir macht? Der hat dich schon wieder an der Leine. Das ist dieselbe Nummer wie die damals mit dem Zauberstab bei den Allesfressern."
„Hab dich nicht so!", verteidigte sich Max. „Ich weiß sehr genau, was ich tue. Ich habe das alles im Griff. Mit dem Schwert kann ich uns vor Kro schützen. Freu dich doch, Marie, wir sind nicht mehr machtlos. Ich verwende seine eigenen Waffen gegen ihn. Verstehst du?"
Um sich den Blödsinn von Max nicht länger anhören zu müssen, drückte Marie sich die Ohren mit dem Kopfkissen zu.
Während Max im Zimmer mit seinem Holzschwert Kros Bewegungen nachahmte und auch versuchte sich so elegant zu drehen, kuschelte Marie sich tief in ihr Bett. Sie war traurig und fühlte sich einsam. Sie drückte das Medaillon fest an ihr Herz. Marie fürchtete, Max an den Zauberer Kro zu verlieren und wünschte sich nichts sehnlicher herbei als ihre Freundin, die Elfe Mo. Wenn

Mo doch jetzt hier wäre! Marie hatte keine Ahnung, was mit Mo geschehen war.
Hatte Kro es geschafft sie wieder in eine Porzellanfigur zu verwandeln? Oder war es ihr gelungen zu fliehen? Marie hoffte so sehr, dass die kleine Elfe entkommen war. Jeden Augenblick wartete sie darauf, dass Mo erscheinen würde. Je mehr Zeit verstrich, desto unbehaglicher wurde Marie zumute. Sie wehrte sich dagegen, aber in ihr machte sich das Gefühl breit, dass Mo in Kros Gewalt war. Herr Meister wirkte so gelassen und entspannt, so siegessicher, als habe er den Kampf schon fast gewonnen.
Marie blätterte im Elfenbuch. Wieder stand alles, was gerade geschehen war, in diesem geheimnisvollen Buch geschrieben. Auf dem letzten Bild sah sie sich selbst mit dem Elfenbuch im Bett liegen. Sogar der Flug nach Sylt war beschrieben und wie Herr Meister mit dem Holzschwert den Drachenkopf aus Marmor abschlug.
Von ihrem Bett aus konnte Marie die Sterne sehen, und das Rauschen der Wellen klang wie traurige Musik in ihren Ohren.
„Bitte, bitte, Mo!“, flehte Marie. „Komm und hilf uns! Wir sind in großer Gefahr!“
Doch nichts geschah, und Marie wusste in dem Moment genau, dass die kleine Elfe selbst Hilfe benötigte.

Das siebenköpfige Seeungeheuer

In der Nacht schlief Marie fest und traumlos. Das Medaillon hing an einer Kette um ihren Hals. Sie hielt das Elfenbuch umklammert wie früher ihren Teddy. Als sie von Möwengeschrei geweckt wurde, sprang sie sofort aus dem Bett. Max schlief über ihr im Stockbett. Jetzt sah sie, dass er sein Holzschwert mit ins Bett genommen hatte. Vorsichtig versuchte sie es ihm wegzunehmen. Sie hatte vor es am Strand zu vergraben, doch als sie es berührte, war es, als hätte sie an ein blankes Stromkabel gefasst. Sie zuckte zurück. Sofort wurde Max wach. Er ergriff sein Schwert und riss es hoch, als ob er zuschlagen wollte.
Marie schrie und schützte ihr Gesicht mit den Händen. „Spinnst du? Ich bin's, Marie!"
Max hielt inne.
Aber seine Augen machten Marie Angst. Diesen irren Blick kannte sie nur vom bösen Zauberer Kro. Sie war erleichtert, Omas fröhliche Stimme im Flur zu hören. „Kinder, das Frühstück ist fertig!", rief die Oma. „Trödelt nicht rum, gleich stechen wir in See."

Max' Blick veränderte sich. Es war, als würde er von einer Wirklichkeit in eine andere hinüberwechseln. Vom Albtraum zum Wachzustand oder vom Rausch zur Klarheit. Er entschuldigte sich nur mit einem kurzen Blick bei Marie, dann sagte er: „Ich habe einen Mordshunger."

Marie konnte gar nichts essen. Sie trank nur einen Tee. Max hingegen verdrückte vier Rühreier mit Krabben. Das Schwert hing an seinem Gürtel.

Das Segelschiff von Herrn Meister war viel größer, als alle gedacht hatten. Die Oma war echt beeindruckt. Sie genoss die Art, wie Herr Meister ihr den Hof machte. Er hatte sein Schiff Elisabeth getauft. Der Name stand groß an der rechten Seite des Schiffes.

Herr Meister hielt ihr die Hand hin, als sie an Bord ging, und lächelte: „Meine Liebe, es ist mir eine Ehre. Herzlich willkommen auf der Elisabeth!"

Vor Verlegenheit wurde Frau Klaphecke ganz rot im Gesicht. Beschämt, aber voller Freude betrat sie das schwankende Schiff.

„Hör dir nur das Gesülze von dem alten Schleimer an, Marie!", lästerte Max.

Marie hörte seinen Spott mit Erleichterung. Ihr Bruder war wieder der Alte.

An Bord hatte Herr Meister das Kommando, und er bestand darauf, von allen als „Kapitän" angesprochen zu werden.

Sie segelten aufs offene Meer hinaus. Ein paar kreischende Möwen begleiteten das Schiff. Oma hatte Sonnencreme mitgebracht und hielt eine lange Rede über die gefährlich starken Sonnenstrahlen auf See, die man nicht unterschätzen dürfe. Oma ahnte nicht, dass eine viel größere Gefahr auf sie lauerte. Trotz des herrlichen Wetters wurde die See unruhig.

Noch bevor etwas zu sehen war, spürte Marie die Anwesenheit von etwas Bösem. Sie musste an die alten Bilder mit den Seeungeheuern denken. „Lasst uns lieber umkehren“, sagte sie. „Ich habe so ein komisches Gefühl.“

Oma sah Marie mitfühlend an. „Du wirst doch wohl nicht seekrank werden, mein Kind? Ich geh nach unten in die Kombüse und mache dir einen Tee. Das beruhigt den Magen.“

Oma verschwand unter Deck. Herr Meister stand stolz am Steuerrad, und Max kletterte mit seinem Fernrohr hinauf in den Mastkorb. Was er von dort sah, war zum Schreien schrecklich, machte ihn aber gleichzeitig stumm.

„Na, Max, du alter Drachentöter, habe ich dir zu viel versprochen?“, brüllte Herr Meister zu ihm hoch. „Hast du dein Schwert noch? Dann zeig mal, was du kannst.“

Marie reckte sich, um mehr zu sehen. Am Horizont schien das Meer zu brodeln. Fauchend erhob sich ein Ungeheuer mit sieben Köpfen aus dem aufgewühlten Meer. Es sah aus wie das auf dem Bild in Herrn Meisters Haus. Gab es diese Monster wirklich?

„Das ist Dragon! Er wird versuchen sich deine kleine Schwester zu holen, Max!“, rief Herr Meister und lachte sein gruseliges Geisterbahn-Lachen.
Marie sah sich um. Hinter ihnen hätte eigentlich lang gestreckt die schöne Insel Sylt liegen müssen. Aber da sah sie nur dunkles Meer. So weit waren sie noch nicht gefahren, und das da vorne war auch bestimmt nicht Amrum. Die spitzen Felsen sahen abweisend aus. Etwas traf das Segelschiff wie ein schwerer Schlag aus dem Wasser von ganz tief unten. Marie wurde gegen einen Mast geschleudert. Sie hielt sich daran fest. „Wir laufen auf ein Riff!“, schrie sie.
Herr Meister am Steuer lachte triumphierend. „Nein, das ist Dragon! Er will uns kentern lassen!“
Da beugte sich das Ungeheuer aus dem Meer mit zwei langen Hälsen über Bord. Die Köpfe auf den Hälsen waren so groß wie Herr Meisters Auto. Der eine Kopf beschnüffelte den Eingang zur Kombüse, der andere beäugte Marie.
„Hau ab, du blödes Monster!“, kreischte die und umklammerte den Mast so fest sie nur konnte. Die Zähne des Ungeheuers erinnerten Marie an halb versunkene Grabsteine.
Herr Meister war nun ganz zu Kro geworden. Mit wehendem langen Haar und leuchtenden Augen sah er begeistert dem Schauspiel zu.
Marie trat nach dem einen Kopf. Das Monster knurrte sie an. Der zweite Kopf hatte genug von den Gerüchen

aus der Kombüse und reckte sich nun hoch zu Max. Der hielt sich starr vor Schreck an seinem Fernglas fest.

„Na, willst du nicht kämpfen, großer Drachentöter? Zeig dem Monster, dass du mein Enkelkind bist. Hau ihm aufs Maul!"

„Tu's nicht, Max!", rief Marie. „Der will nur, dass du so böse wirst wie er."

Der Rachen des Ungeheuers öffnete sich vor Marie so weit, dass sie zweimal hineingepasst hätte. Eine riesige dunkelrote Zunge mit lila Rändern rollte sich aus. Das Monster schleckte Marie ab, als ob sie ein Lolli wäre. Etwas Ekligeres war Marie in ihrem ganzen Leben noch nicht passiert. Die raue Zunge wickelte sich um ihre Beine. Der Drache versuchte sie vom Mast zu ziehen.

Marie kreischte: „Maaaaaaaxxxx! Hiiiiiilfeeeeee!"

Max schlug dem Monster mit dem Fernglas auf den Kopf, worauf es niesen musste. Marie konnte sich nicht länger am Mast festhalten. Die Zunge war stärker. Da riss Max sein Schwert aus dem Gürtel. Er schwang es über seinem Kopf. Der Drache fauchte ihn an. Max hieb ihm zwischen die Nüstern, sprang aus dem Mastkorb und rannte zu Marie.

„Lass meine Schwester los, du Mistvieh!", brüllte er.

Das Ungeheuer versuchte Marie mit der Zunge in sein offenes Maul zu ziehen. Marie strampelte mit den Füßen. Max packte das Schwert fest mit beiden Händen. Wieder kribbelte ein Energiestrom vom Schwert

durch seine Arme. Er stellte sich vor, wie Herr Meister den Kopf des Marmordrachen abgeschlagen hatte.
Herrn Meisters Satz blitzte in Max' Kopf auf wie eine heilige Botschaft: „Jedes Schwert ist nur so gut wie der Mann, der es führt."
Max holte mit dem Schwert zu einem gewaltigen Hieb aus. Doch dann war es ihm, als würde nicht er das Schwert führen, sondern das Schwert ihn.
Er traf den Hals des Drachen. Es war, als würde die Berührung von Schwert und Drache ein Gewitter auslösen. Funken sprühten wie Silvesterraketen. Das Seeungeheuer jaulte getroffen auf. Alle sieben Köpfe erhoben sich nun aus dem Meer. Sechs Köpfe wimmerten vor Schmerz, aber der siebte ließ Marie nicht los. Sie wurde hoch in die Luft gehoben, und dann tauchte der Drache mit Marie ab.
Ohne zu überlegen sprang Max hinterher. Es war, als würde er den Drachen reiten. Gleich drei Köpfe reckten sich zu ihm und schnappten nach ihm. Max schwang sein Schwert. Die Köpfe schreckten zurück. Dieses Urvieh hatte tatsächlich Angst vor dem Holzschwert. Das Ungeheuer tauchte auf. Max rang nach Luft und blickte sich nach Marie um.
Seine Schwester war eingeklemmt im Maul des Monsters. Sie stemmte sich mit Armen und Beinen gegen Ober- und Unterkiefer. Dabei entwickelte sie unglaubliche Kräfte, um zu verhindern, dass das Maul sich schloss. Innerlich flehte sie Mos Hilfe herbei, aber aus

ihrem Mund drang kein Ton. Zu fest hielt die Zunge sie umschlungen.

Max drückte die Spitze seines Schwertes gegen den Rücken des Drachen. Kleine Blitze zuckten an der Klinge entlang wie leuchtende Schlangen.

„Lass meine Schwester los!“, schrie Max. „Oder ich werde dich töten!“

Ein Drachenkopf legte sich schräg und sah Max ungläubig an. Eine uralte krächzende Stimme drang mit üblem Gestank aus seinem Rachen: „Du bist ein kleiner Junge, hast du gar keine Angst? Wo hast du so kämpfen gelernt?“

Max verriet dem Monster nicht, wie sehr er sich in Wirklichkeit fürchtete.

Er wunderte sich auch nicht, dass es sprechen konnte. Zu vielen seltsamen Wesen war er in letzter Zeit im Reich der Elfen begegnet.

„Du sollst meine Schwester loslassen, habe ich gesagt! Wir sind die auserwählten Kinder! Du hast die Tochter der Elfenprinzessin Jana im Maul, und ich bin ihr Sohn Max!“

Die raue Zunge um Maries Körper lockerte sich sofort, endlich bekam sie wieder Luft.

„Verzeiht mir, Gebieter“, entschuldigte sich das Monster. „Ich wusste nicht, dass ihr die Nachkommen des großen Zauberers Kro seid. Ich bin doch nur ein dummes Seeungeheuer, das auf dem Boden des Meeres haust. Einst war ich eine Meerjungfrau. Ich habe Eurer

Mutter das Schwimmen beigebracht. Damals waren die Meere klar, und es gab Nixen, Wasserfeen und herrlich bunte Fische."
Vorsichtig setzte der Drache Marie auf seinem Rücken ab. „Darf ich Euch ein Küsschen geben, Prinzessin?", fragte er unterwürfig.
Marie zögerte und sah das Ungeheuer verwundert an.

Sie rang noch nach Luft und fragte sich, ob dies wieder nur ein Trick oder eine neue Falle war. In dieser Welt war nichts, wie es schien, dafür hatte Kro schon immer gesorgt.
Hoffnungsvoll fragte das Ungeheuer: „Seid ihr wirklich in unsere dunkle Welt gekommen, um das Reich der Elfen zurückzuerobern und wieder in der alten Pracht erblühen zu lassen, wie es prophezeit wurde?"
Noch bevor Max und Marie antworten konnten, ertönte Kros Stimme donnernd aus einer schwarzen Wolke: „Töte das Siebenköpfige Monster, Max! Glaub ihm kein Wort! Es wird euch sonst fressen! Du bist ein unbesiegbarer Drachentöter! Mit jedem Drachen, den du tötest, wird deine Macht noch stärker! Verschwende keine Zeit, tu es!"
Max sah auf sein Schwert und blickte das Seeungeheuer prüfend an. Noch vor wenigen Minuten hatte er mit dem Monster um das Leben seiner Schwester gekämpft. Aber jetzt hatte er das Gefühl, dass dieses arme Wesen sich selbst in der Gefangenschaft Kros befand. Vielleicht hatte die Elfe Mo Recht. Vielleicht waren nur sie beide in der Lage das Elfenreich zu retten.
Marie kraulte das Seeungeheuer am Kinn. Auch sie spürte, dass es die Wahrheit sagte, und sie stellte sich gerade vor, wie es als Meerjungfrau ausgesehen haben musste.
„Keine Angst", beruhigte sie das Ungeheuer. „Max wird dir nichts tun."

Max sah zum Himmel und beobachtete, wie sich aus der dunklen Wolke Kros Fratze formte. „Wenn du die unnütze Kreatur nicht tötest, Max“, drohte der Zauberer, „dann werde ich es eben tun! Sieh her, mein Junge, damit du deine Lektion lernst.“

Kros Wangen blähten sich auf. Dann blies er eine ölige Flüssigkeit aufs schwarze Meer. Er lachte hämisch: „Nun passt auf!“ Der böse Zauberer spuckte Feuer aufs Wasser.

In Windeseile breitete es sich aus. Das Undenkbare geschah: Die Wellen begannen zu brennen. Das Feuer kam Marie und Max nah, aber es verschonte sie. Das siebenköpfige Monster wurde jedoch regelrecht von den Flammen verfolgt. Es rang mit sich, denn gerne hätte es Marie und Max bei der Befreiung des Elfenreiches begleitet und beschützt. Aber den Kampf gegen das Feuer konnte es nicht gewinnen.

Besorgt rief Marie dem Seeungeheuer zu: „Tauch unter! Rette dich! Uns wird nichts geschehen!“

Mit einem letzten Blick auf Marie und Max verschwand das Monster in den sicheren Tiefen des Meeres.

Plötzlich war um Marie und Max nichts und niemand mehr zu sehen. Sowohl das Ungeheuer, als auch Kro waren verschwunden. Von Meerwasser umgeben schwammen die beiden richtungslos dahin. Auch das Segelschiff, mit dem sie gekommen waren, konnten die Geschwister nicht mehr entdecken.

Marie war zwar eine gute Schwimmerin, aber da sie

nicht wusste, welche unheimlichen Geschöpfe tief unter ihnen lauerten, geriet sie in Panik. Max hielt beim Schwimmen das Holzschwert fest. Beide begannen verzweifelt nach ihrer Oma zu rufen, doch nur ein eisiger Wind antwortete ihnen. Lange würden es die Geschwister im kalten Wasser nicht mehr aushalten. Sie wussten ja nicht einmal, in welche Richtung sie schwimmen sollten. Nirgendwo war Land in Sicht. Vor Kälte hatten Marie und Max schon längst blaue Lippen. Wie sehr hatte es Marie gehasst, wenn die Oma ihr im Schwimmbad befohlen hatte deswegen aus dem Wasser zu gehen. Jetzt sehnte sie sich so sehr danach.

Marie zitterte am ganzen Körper. Auch Max' Zähne klapperten, ohne dass er es verhindern konnte. Da entdeckten sie am Horizont einen kleinen schwarzen Punkt.

„Marie!", rief Max mit bebender Stimme. „Ein Schiff!" Schon schwamm er darauf zu. „Komm! Bestimmt ist das unser Segelschiff!"

Marie folgte ihm stöhnend. „Oma wird sich schon Sorgen machen", antwortete sie.

Max hoffte so sehr, dass er Recht behielt. Und je näher der Punkt kam, desto deutlicher wurde es. Tatsächlich: Wie eine kleine Nussschale trieb ein Schiff auf sie zu. Ein starker Wind kam auf, und die Wellen wurden höher.

Marie schluckte Wasser. Ihre Tränen vermischten sich mit dem salzigen Meerwasser. Ihre Kräfte ließen nach,

und die starken Wellen waren schuld, dass sie immer mehr Wasser schluckte. Es kam ihr so vor, als würde sie in diesem Moment höchster Not Mos Anwesenheit spüren. Das gab ihr noch einmal frische Kräfte.
„Hallo, SOS! Wir sind hier! Hilfe! Wir ertrinken!“, rief Max und versuchte mit einer Hand zu winken, ohne dabei unterzugehen.
Marie sah sich nach Mo um. Sie war nirgendwo zu sehen. Aber das Schiff kam näher.
Oben am höchsten Mast flatterte eine schwarze Flagge, und die Segel blähten sich im Wind. Marie erkannte an der Breitseite des Schiffes mindestens zwanzig Kanonenrohre. Sie wurden eingezogen und die Luken geschlossen. Jetzt wirkte das Schiff ganz normal und friedlich. Aber anders als alle Schiffe, die Marie und Max kannten, war dieses so gebaut, dass es sowohl hinten als auch vorne jeweils ein Steuerrad und eine Galionsfigur besaß. Die eine Figur sah aus wie ein Teufel mit Hörnern und zwei Pferdefüßen. Die andere Galionsfigur sah wie ein Engel aus und ragte steil in den Himmel. Mit beiden Flügeln hielt sie das Schiff zusammen. Der Engel wirkte wunderschön, aber auch traurig.
Marie und Max hatten die Planken in greifbarer Nähe. Oben zwischen den Flügeln der Galionsfigur reckte sich ein dicker bärtiger Matrose über die Reling.
„Da unten sind sie!“, rief er mit rauer Stimme. „Werft den Schiffbrüchigen ein Seil runter!“

Sekunden später baumelte eine Strickleiter vor den Geschwistern.
Max wollte Marie den Vortritt lassen, aber Marie hatte plötzlich so ein merkwürdiges Gefühl. Am liebsten wäre sie gar nicht an Bord gegangen.
Max forderte sie auf: „Nun mach schon, Marie! Okay, das ist hier nicht das Traumschiff, aber wir können schlecht auf einen Luxusdampfer warten."
Max kletterte voran. Die Holzbretter zwischen den Seilen waren glitschig. Er wäre fast abgerutscht, weil er mit einer Hand noch immer sein Schwert festhielt.
Der bärtige Matrose rief: „Vorsicht, junger Freund! Nimm deine Waffe zwischen die Zähne und benutz beide Hände!" Er machte es ihm auch gleich vor, als ob Max sonst zu dämlich wäre, um es zu kapieren. Er riss seinen Krummsäbel hoch und klemmte sich die Klinge zwischen die Zähne.
Max tat es ihm gleich. Die Kiefergelenke taten ihm weh, so weit musste er den Mund aufreißen, um in die dicke

Holzklinge zu beißen. Irgendwie erinnerte Max dies an seinen letzten Besuch beim Zahnarzt. Es war gar nicht leicht so zu klettern, aber er fühl-

te sich gut dabei, ein bisschen wie ein echter Pirat. Der bärtige Matrose reichte ihm die Hand und zog ihn an Bord. Seine Hand war eiskalt.
Marie schwamm noch unten im Wasser. Sie bekam die Leiter nicht zu fassen, denn die schweren Wellen drückten sie immer wieder gegen den Schiffsrumpf.
Max wollte schon wieder reinspringen, um seiner Schwester zu helfen, da erwischte sie endlich die Strickleiter und zog sich langsam hoch. Die Wellen griffen wütend nach ihr. Aber sie arbeitete sich tapfer nach oben. Auf der letzten Sprosse der Leiter, als der bärtige Matrose schon nach ihr griff, erkannte sie die Flagge. Sie war nicht einfach nachtschwarz. Nein, es leuchtete ein weißer Totenkopf darauf.
„Das ist ein Piratenschiff! Max!", warnte Marie ihren Bruder.
Der bärtige Matrose packte Marie und zog sie an Bord. Seine groben Finger taten ihr weh. „Ja!", lachte er. „Wir sind echte Piraten. Ist das nicht toll? Wir sind die wahren Herren der sieben Weltmeere."
Das dunkle Salzwasser tropfte aus Maries Kleidern. Schon stand sie in einer Pfütze. Sie fror. Nur das Medaillon an ihrem Hals spendete ihr ein bisschen Wärme, so als könnte sie dort Mamas beruhigende Hand spüren.
„Ich bin der Piratenkapitän, und ich habe viele Namen, aber ihr dürft Zonk zu mir sagen. Ihr habt doch bestimmt Hunger."

„Und wie!“, stöhnte Max. „Ich könnte einen Bären mit Senf essen.“

„Du gefällst mir, Junge! Wie wäre es mit gegrilltem Haifisch oder Drachenherzen in Rotwein?“

„Wir haben auch noch saftige Stücke von dem letzten Seeungeheuer, Kapitän!“, rief der dicke Steuermann. Er hieß Beule, war klein und rund und hatte eine mächtige Hakennase. Drei Pistolen mit langen Läufen steckten in seinem Gürtel.

„Quatsch keine Löcher in den Wind, Beule!“, befahl Kapitän Zonk. „Bring unseren neuen Freunden lieber trockene Klamotten.“

Beule rannte los.

Auf dem Piratenschiff

Kurze Zeit später saßen Marie und Max – angezogen wie Piraten – mit der Piratenmannschaft an einem langen Tisch unter Deck. In der Mitte des Raumes hing ein großer Grill an Eisenketten von der Decke herunter. Eigentlich hätte von der glühenden Kohle große Hitze ausgehen müssen, doch Marie fror noch immer. Sie fühlte sich ganz im Gegensatz zu ihrem Bruder in den Piratensachen auch nicht wohl. Vermutlich waren alle Piraten hier versammelt. Niemand hatte die Größe von Max oder Marie. Wieso gab es dann an Bord Kleider in genau ihrer Größe? Passend für die Geschwister gab es

nicht nur Hemden und Hosen, sondern auch Schnabelschuhe und Gürtel, besetzt mit Diamanten.
Marie wurde den Verdacht nicht los, dass dies Kros Schiff war. Sie flüsterte ihren Verdacht in Max' Ohr.
Aber der sah sie nur kopfschüttelnd an. „Marie, die haben uns gerettet und sind total nett. Sie wirken ein bisschen rau, aber Piraten sind eben so."
„Max, wach endlich auf! Zwischen Sylt und Amrum gibt es keine Piraten und Seeungeheuer. Wir sind hier in Kros Welt. Das ist eine Falle! Wahrscheinlich denkt unsere Oma auf dem richtigen Segelboot von Herrn Meister, wir seien über Bord gegangen. Verschollen wie unsere Eltern ..."
Während sie diese Worte aussprach, hatte sie zum ersten Mal in ihrem Leben eine leise Ahnung, was mit ihren Eltern geschehen war. Steckte Kro hinter ihrem Verschwinden? Unwillkürlich griff sie nach ihrem Medaillon. „Wenn ihr noch lebt, Mama und Papa, dann werden wir euch finden und befreien", schwor sie leise.

Der Schiffskoch stellte zwei große Töpfe vor Marie und Max auf den Tisch. In so einen Topf passte genug für eine ganze Familie, aber jeder Pirat hatte so ein Ding vor sich stehen. In der Seeungeheuer-Suppe schwammen Stücke von Drachenherzen, Fischaugen und gegrillte Haifischstreifen. Marie fand schon den Geruch widerlich. Sie schob den Topf so weit wie möglich von sich weg. Der Koch stemmte seine Fäuste in die Hüften und guckte beleidigt.

„Nur was man selbst erlegt hat, schmeckt wirklich gut!", lachte Kapitän Zonk. „Die Kraft der Haie, Seeungeheuer und Drachen möge auf euch übergehen, Männer!"

Max wartete nicht einmal auf ein Zeichen des Kapitäns. Er schlang einfach alles gierig in sich hinein.

Marie wurde schlecht. Sie verzog das Gesicht und wurde von einem Würgreiz gequält, obwohl sie gar nichts gegessen hatte.

Max dagegen schmatzte und schlürfte weiter. Er war so ausgehungert, dass er der Suppe nicht widerstehen konnte. „Marie", rief er mit vollem Mund. „Das schmeckt fantastisch! Probier mal die Drachenherzen!"

Er hatte den Topf schon halb leer, als er zum ersten Mal den Kopf hob und laut rülpste. Die Piraten klatschten Beifall und jubelten los.

Kapitän Zonk nickte zufrieden und klopfte Max auf die Schulter: „Hau rein, mein Junge, und lass es dir schmecken!"

Dann fielen alle Seemänner über ihr Essen her.
Für Marie bot sich ein entsetzliches Bild. Wenn das ihre Oma sehen könnte! Marie wurde schon zurechtgewiesen, wenn sie die Gabel in die falsche Hand nahm. Hier gab es nicht einmal Besteck. Die Piraten schlürften aus den Töpfen, indem sie sie in beide Hände nahmen und hochhoben. Dabei beschlabberten sie ihre Hemden mit Suppe. Sie lief ihnen am Hals entlang und tropfte auf ihre Bäuche. Mit ihren wulstigen Fingern fischten sie im Essen herum und holten sich die besten Stücke raus. Dann schleckten sie jeden Finger genüsslich einzeln ab. Das hier war ein einziges Fressgelage und alle machten mit – nur Marie nicht.
„Was ist mit dir, Prinzessin?", fragte der Kapitän. „Hast du keinen Hunger oder mundet es dir nicht?" Er lächelte Marie an, doch sie fühlte sich verspottet.
„Mir ist schlecht", antwortete Marie. „Ich glaub, ich geh ein bisschen an die frische Luft."
Zonk nickte zufrieden. „Wir haben auch noch ein paar Walfischknochen-Kekse", rief er ihr hinterher. „Die sollen gut für den Magen sein. Ho, ho, ho, ho!"

Die sprechende Galionsfigur

Marie war froh endlich allein zu sein. Unter sich hörte sie die Piraten lachen und lärmen. Hier oben an Bord war es merkwürdig still. Es wehte nur ein sanfter Wind. Das Meer hatte sich beruhigt. In der Ferne kreischten ein paar Möwen. Ihre Schreie klangen gequält. Auf der glatten Wasserfläche des Meeres spiegelte sich der Vollmond. Er beleuchtete die Spitzen schroffer Felsen. Marie überlegte, ob es möglich war mit dem Rettungsboot das Festland zu erreichen. Vielleicht konnte sie mit Max von hier fliehen. Bestimmt würde aus dem Fress- ein Saufgelage werden. Sie rechnete sich aus, dass die besoffenen Piraten später bestimmt einschlafen würden.
Da hörte sie eine leise, zarte Stimme. „Marie ... pssst ... Marie ..."
Bildete sie sich das nur ein? Die Stimme kam ihr bekannt vor. Sie klang wie die der kleinen Elfe Mo. Das ist bestimmt nur mein Wunschdenken, überlegte Marie. Sie kam sich so einsam und verlassen vor.
„Marie ... hier bin ich." Das Flüstern kam mit dem Wind.

„Mo?", fragte Marie ungläubig. „Bist du es?"
„Ja, wer denn sonst? Bitte sei nicht so laut. Verrate uns nicht."
Marie guckte sich um. Das fahle Mondlicht ließ die Masten lange dunkle Schatten werfen. Maries Augen hatten sich an die Dunkelheit gewöhnt. Aber sie konnte Mo nicht sehen.
„Komm nach vorn. Ich bin hier", flüsterte Mo.
Warum kam die kleine Elfe nicht einfach angeflogen, so wie sonst?
War das wieder eine von Kros Täuschungen? In seiner Welt konnte man Augen und Ohren nicht so ohne weiteres trauen. Kaum etwas war in seinem Reich so, wie es schien. Marie beschloss vorsichtig zu sein. Sie wollte sich nicht so leicht ködern lassen wie ihr Bruder Max.
„Marie ... ich bin es wirklich – Mo."
Marie ging in die Richtung, aus der die Stimme kam. Mo musste vorne auf der Galionsfigur sitzen. Schon berührte Marie den Holzengel. Zum ersten Mal wurde ihr auf diesem Schiff warm. Sie spürte deutlich Mos Anwesenheit. Aber Marie konnte sie immer noch nicht sehen.
„Ich bin's, Marie. Kro hat mich in eine Galionsfigur verwandelt." Mos Stimme klang so verzweifelt, und Marie wusste sofort, dass dies wirklich die kleine Elfe war.
Sie umarmte die Galionsfigur wie eine lange vermisste Freundin.

„Mo, endlich! Ich hatte solche Sehnsucht nach dir. Was hat dieser blöde Zauberer nur mit dir gemacht?"
„Kro ist nervös geworden und beginnt Fehler zu machen", erklärte Mo. „Er hat mir aus Versehen die Sprache gelassen. Ich bin ganz in diesem Holz gefangen, aber ich kann meine Lippen bewegen. Das wäre ihm früher nicht passiert. Das ist euer Einfluss. Der Zauberer hat kein leichtes Spiel mit euch. Ihr setzt ihm ganz schön zu."
„Wir ihm? Soll das ein Witz sein? Er spielt mit uns", protestierte Marie. „Ich weiß nicht einmal, in welcher Gestalt er jetzt steckt. Ist er eine der Möwen am Himmel? Einer der Piraten? Eines der Monster unter uns? Ist er der Holzwurm in den faulen Schiffsplanken oder das Schiff persönlich?"
„Du weißt genau, wer er ist, Marie. Wer, wenn nicht du?", sagte die Galionsfigur energisch.
Mo hatte Recht. Marie hatte es die ganze Zeit gewusst: In den funkelnden Augen des Kapitäns Zonk lag etwas abgrundtief Böses. Dieser Blick war Marie vertraut. Sie kannte ihn vom Zauberer Kro.
„Es ist Zonk. Stimmt's?", wollte Marie wissen.
„Ja. Er versucht deinen Bruder einzuwickeln. Er will ihn auf seine Seite ziehen. Mit dir hat er mehr Probleme als mit Max. Du bist nicht so anfällig für die verlockende Seite der Macht."
Mos Worte machten Marie Angst. Sie hatte gesehen, mit welcher Gier Max die eklige Suppe verschlungen

hatte. Kros schwarze Magie hatte sich bereits in Max' Herz geschlichen.
Verzweifelt fragte sie: „Was kann ich tun, Mo? Es ist alles so aussichtslos. Du bist eine Holzfigur. Mein Bruder frisst da unten mit den Piratenschweinen. Meine Oma hat sich in Kro verliebt, ohne es zu wissen und ..."
„Psst ...", flüsterte Mo. Noch bevor Kapitän Zonk das Deck betrat, spürte Mo, dass sich ein kalter Luftzug näherte.
Er heuchelte Freundlichkeit. „Hallo, Prinzessin. Geht es dir besser?"
Marie schüttelte stumm den Kopf. Sie wollte nur von Zonk in Ruhe gelassen werden, um wieder mit Mo reden zu können.
Aber so leicht ließ Zonk sich nicht abwimmeln. Er strich mit einer Hand über den Rücken der Galionsfigur und fragte: „Na, Marie, gefällt dir unser Glücksbringer? Weißt du, andere Piratenschiffe haben ganz andere Galionsfiguren. Drachenköpfe. Oder unheimliche Monster. Manchmal auch Seeadler oder die zänkische Frau vom Kapitän!" Er lachte laut über seinen eigenen Witz.
Max kam mit einigen anderen Piraten an Deck. Er sah aus wie sie und wirkte fröhlich.
Zonk nahm ihn in den Arm, dann klopfte er auf Mos Holzflügel und fuhr fort: „Ich persönlich finde so einen Engel besser. Wenn die Leute unser Schiff sehen, haben sie erst mal Vertrauen. Sie denken, wer so eine Galions-

figur hat, muss friedlich sein. Und wenn wir nah genug rankommen, dann kapern wir ihr Schiff."

„Clever", lachte Max.

„Die Leute sind doch nicht doof", meinte Marie. „Sie sehen die schwarze Flagge mit dem Totenkopf und wissen Bescheid."

Jetzt grinste Kapitän Zonk. „Gut mitgedacht, kleine Dame. Gar nicht schlecht für dein Alter, aber die Flagge kann man einholen, genau wie die Kanonen. Dann sehen wir aus wie ein Handelsschiff. Du ahnst ja gar nicht, wie leicht die Menschen zu täuschen sind."

Max nickte und sah den Kapitän bewundernd an.

Marie atmete tief durch. „Ich nicht. Ich weiß genau, wer Sie sind. Von wegen Piratenkapitän. Sie sind unser Opa – der böse Zauberer Kro."

Max trat einen Schritt zurück, als könnte er den Kapitän dann besser sehen. Er betrachtete ihn misstrauisch.

„Ja, Max, guck genau hin. Er ist es!“, rief Marie.
Der Kapitän warf seinen Leuten nur einen Blick zu und sie sangen es gemeinsam wie ein Kirchenchor: „Nein. Das ist unser Kapitän Zonk.“
Zonk klatschte in die Hände. „Na also.“
„Die haben keine eigene Meinung. Die tun nur, was Sie sagen und denken nur, was Sie ihnen gestatten“, behauptete Marie. Sie war stolz auf sich, weil sie so standfest blieb. Sie merkte, dass Max unsicher wurde. Egal, wie viel er von Kros verzauberter Fischsuppe gegessen hatte, er blieb doch ihr Bruder. Er würde sie immer lieben und zu ihr halten, das wusste sie seit dem Verschwinden ihrer Eltern. Sie beide gehörten zusammen.
„Stimmt das?“, fuhr Max einen Piraten mit unglaublich großen Füßen an.
Der rückte seine Augenklappe zurecht und nickte. Da

sah Zonk ihn so unerbittlich an, dass er vor Angst erstarrte. Er wagte nicht mehr zu nicken, er traute sich nicht einmal mehr zu atmen. Es war wie eine Machtprobe zwischen Zonk und Max.
Max zog sein Holzschwert und richtete es auf den Piraten. „Du sollst mir die Wahrheit sagen!“
Marie betrachtete die Szene stumm. Der einäugige Pirat mit den großen Füßen fürchtete sich tatsächlich vor dem Holzschwert, obwohl es ihn nicht einmal berührte. Er starrte es an, als sei es der Lauf einer Waffe, aus der jeden Moment ein Schuss krachen könnte. Wusste er, wie viel Macht in diesem Schwert vereint war?
Der Pirat begann am ganzen Körper zu zittern. Marie ahnte es, gleich würde er entweder sprechen oder ohnmächtig werden.
Da lachte Zonk laut, als ob jemand einen guten Witz gemacht hätte. „Na, sag es ihm ruhig, Entenfuß.“
Der Pirat mit den großen Füßen hieß also Entenfuß. Er wurde jetzt noch ängstlicher. Als fürchtete er etwas falsch zu machen und dann in Ungnade zu fallen.
„Ja ... es stimmt ...“, stammelte Entenfuß. „Wir denken nur, was der Kapitän uns gestattet.“ Er versuchte in Zonks Gesichtsausdruck zu lesen, ob die Antwort richtig war.
Zonk sah ihn regungslos an.
Jetzt begann Entenfuß zu kichern, als ob dadurch alles weniger schlimm werden würde. „Wir denken nie etwas Eigenes. Nicht wahr, Männer? Wir sind dazu viel zu

blöd. Wir denken immer, was wir denken sollen." Er sah seine Piratenfreunde an.
Keiner von ihnen traute sich zuzustimmen. Sie wollten alle erst wissen, wie Zonk zu der Sache stand. Jeder fürchtete seinen Zorn.
Zonk hob beide Arme. Jetzt sah er für Marie noch mehr aus wie der böse Zauberer Kro. „Hört mich an, Männer", sprach er und blickte sich zufrieden im Kreis um.
Die Piraten waren geradezu dankbar, dass ihr Kapitän endlich etwas sagte. Die armseligen Geschöpfe brauchten etwas, woran sie sich halten konnten.
Jetzt zeigte Zonk auf Marie. „Sie ist ein Erdenkind. Sie ist gekommen, um Zwietracht zwischen uns zu säen. Diese Göre will uns schwächen und uns dann an unsere Feinde verraten."
Marie musste sich festhalten, sonst wäre sie hingefallen. Ihr wurde schwindelig.
Die Männer packten Marie und zerrten an ihr herum.
„Was sollen wir mit ihr machen, Kapitän?", fragte Entenfuß. „Sie den Haien vorwerfen? Sie am Mast aufknüpfen? Oder ihr den Hals umdrehen?"
„Wenn einer von euch Mistkerlen meine Schwester nur anfasst, mache ich Hackfleisch aus ihm!", brüllte Max und schwang sein Schwert.
Ängstlich wichen die Piraten zurück. Aber sie hielten Marie weiterhin fest.
Jetzt durchschaute Marie Zonks Plan. Er wusste, wie

sehr Max seine Schwester liebte. Er würde sie retten wollen – um jeden Preis. Ihr zuliebe würde er auch schlimme Dinge tun. Genau das wollte Zonk. Mit diesem gemeinen Versuch wollte er Max auf die dunkle Seite ziehen.

Er will, dass Max aus Wut ein paar Piraten erschlägt, dachte Marie, dann wird Zonk persönlich mich retten. Komischerweise hatte sie plötzlich gar keine Angst mehr. Jetzt, da sie wusste, was Zonk vorhatte, wich das Schwindelgefühl.

Das Holzschwert durchschnitt die Seeluft wie chinesische Seide. Max ging mit seinem Schwert auf die Piraten los: „Was ist, ihr feigen Hunde! Zieht eure dämlichen Krummsäbel! Kämpft!“

Ein Pirat wich zurück. Dabei stolperte er und lag wie ein auf den Rücken gefallener Maikäfer vor Max.

Max hob sein Schwert. „Du bist als Erster dran.“

„Tu’s nicht, Max!“, rief Marie. „Das will Zonk doch nur! Er will, dass du genauso böse und gemein wirst wie er selbst.“

„Was soll ich denn sonst tun?“, fragte Max weinerlich, weil ihm die Lage so aussichtslos erschien.

Maries Füße berührten kaum noch die Schiffsplanken. Ein Pirat hielt sie mit eisernem Griff umklammert. Ihre Arme wurden fast taub, so hart drückte er zu.

„Bleib du selbst, Max! Du bist nicht böse, du bist gut!“, rief Marie.

Das Schwert zitterte in Max’ Fingern. Tränen liefen ihm

über die Wangen. „Aber ich kann doch nicht zusehen, wie sie dir etwas antun!"
„Genau!", rief Zonk. „Das kannst du nicht. Wenn du deine Schwester liebst, hau drauf!"
„Nein, Max, nicht!", brüllte Marie. „Die Piraten sind auch nur arme Wesen, die tun müssen, was er will. Sie haben es dir selbst gesagt. Vielleicht sind sie auch einmal gut gewesen, genau wie so viele andere, bevor sie unter Kros Einfluss gerieten. Denk an die Krake aus dem Todessumpf! Sie war einmal unsere Oma."
Während Marie versuchte Max zu überzeugen, umklammerte sie das Medaillon. Es war ihr, als würde das Medaillon sie führen, als würde es ihr Kraft und Wissen geben. Und gleichzeitig hatte sie so eine Ahnung, dass ihre Eltern noch lebten. Irgendwo. Sie fühlte sich verbunden mit der guten Elfenenergie ihrer Mutter. Vielleicht war es aber auch nur die Nähe zu Mo. Jedenfalls fühlte Marie sich nicht allein. Nicht ungeschützt. Im Gegenteil.
Max senkte sein Schwert. Die Worte seiner Schwester erreichten den guten Kern in ihm.
„Keine Angst, Piraten", sagte er. „Ich werde euch nichts tun. Aber bitte lasst jetzt sofort meine Schwester in Ruhe."
Der eiserne Griff um Maries Arme lockerte sich. Der Pirat ließ sie nicht wirklich los. Aber er tat ihr nicht mehr weh.
„Hey, Männer!", spottete Zonk. „Was ist in euch gefah-

ren? Ihr seid Piraten! Hundsgemein. Ihr lügt, ihr plündert, ihr raubt!“

„A...aber das hat mir nie wirklich Spaß gemacht“, meinte Entenfuß zögernd. „Eigentlich wollte ich lieber Zoodirektor werden oder zumindest Pferdepfleger.“

„Und ich Sportlehrer“, rief der Pirat, der Marie festhielt.

Jetzt wurde Zonk richtig wütend. Es blitzte und donnerte, als würde der Himmel in seinem dunklen Reich mit ihm zornig werden.

„Heulsusen seid ihr! Memmen! Muttersöhnchen! Feiglinge! Spinatesser! Werft sie endlich über Bord! Merkt ihr nicht, wie gut ihr Plan aufgeht? Wir streiten uns ja jetzt schon.“

Der Schiffskoch gab ihm Recht. „Wir dürfen nicht selbstständig denken! Habt ihr das vergessen, ihr Dummköpfe?“

„Warum eigentlich nicht?“, wollte Entenfuß wissen. Doch die Frage tat ihm sofort Leid.

Zonk richtete einen Finger auf ihn. Eine blaue Energie zischte aus der Fingerspitze und traf Entenfuß. Augenblicklich war er verschwunden. Er platzte wie eine bunte Seifenblase. Da, wo er vorher gestanden hatte, kroch jetzt ein Wattwurm, aus Angst von den vielen Füßen zertreten zu werden, um sein Leben.

Es ging ein Ruck durch die Mannschaft. Sie wirkten jetzt nicht mehr ganz so lebendig auf Marie, eher schon wie hölzerne Marionetten.

Der Pirat, der früher einmal Sportlehrer hatte werden wollen, packte sie wieder ganz fest und hob sie hoch. „Soll ich sie über Bord werfen, Kapitän?"
Zonk nickte zufrieden. Er war wieder Herr der Lage.
„Neeeeeeiiiiin!", kreischte Max und rannte, das Schwert über seinem Kopf zum Schlag bereit, in Maries Richtung.
Doch jemand stellte ihm ein Bein. Er verlor das Schwert und knallte lang hin. Auf den nassen Planken rutschte das Schwert noch ein paar Meter weiter als er selbst.
Marie flog im hohen Bogen über Bord. Die Kette, an der das Medaillon hing, riss. Alles drehte sich um Marie und sie klatschte in das eisige Wasser.
„Tu was, mein Junge!", forderte Zonk. „Die Haie werden sie sonst fressen, ich meine, falls keine Seeungeheuer in der Nähe sind. Also, ich würde ja lieber von einem Seeungeheuer gefressen werden als von ein paar Haien. Aber das ist eine Frage der persönlichen Einstellung. Und deine Schwester hat ja einen ganz eigenen Kopf – wie wir alle wissen."
Max stand auf. Er starrte aufs Wasser, aber er konnte Marie nicht entdecken.
Zonk kam näher und säuselte mit verführerischer Stimme: „Du bist mein Enkel, ein großer Zauberer wie ich, erinnere dich an deine Kräfte. Wehr dich nicht länger dagegen. Du kannst dir alles untertan machen. Die

Menschen werden dir gehorchen und die Dinge sowieso. Die Naturgewalten und ..."

„Was muss ich tun, um sie zu retten?"

„Akzeptiere die dunkle Macht in dir. Akzeptiere mich als deinen Meister und dann kannst du tun, was du willst."

Eine böse Krake mit vielen Fangarmen erhob sich aus dem Wasser. Sie hielt Marie umklammert.

Der Mond spiegelte sich auf Maries totenbleichem Gesicht. Sie war in den Fängen des Monsters ohnmächtig geworden. Das Ungeheuer wollte Marie genüsslich verspeisen. Es lächelte, als der Leckerbissen sich dem Maul näherte.

Doch plötzlich zuckte es zusammen, denn es wurde angegriffen. Das siebenköpfige Seeungeheuer war zurück und wollte nicht zulassen, dass der Prinzessin etwas zu Leide getan wurde. Die beiden Urtiere kämpften verbissen miteinander. Dabei wurde der Fangarm, der Marie festhielt, abgebissen und Marie plumpste ins Wasser.

Max konzentrierte sich. Er konnte nicht tatenlos zuschauen. Er spürte die irren Zauberkräfte in sich, als sei er an ein Stromkabel angeschlossen. Max sprühte Funken. Er wünschte sich mit aller Kraft, Marie solle ein Delphin werden, ein Tier, das problemlos im Meer überleben kann. Aber nichts geschah. Noch nicht. Dann war es, als würde ein Energieball in Max zerplatzen. Er wurde von der Kraft zurückgeschleudert und blieb wie betäubt an Bord liegen.

Zonk lächelte triumphierend. Max hatte Marie in einen Delphin verwandelt. Während die zwei Seeungeheuer sich bissen und würgten, entkam sie mühelos.

Der Zaubertrick

Marie tauchte ab auf den Grund des Meeres. Dort legte sie sich erschöpft auf den Sandboden zwischen Muscheln und Seesterne, um einen Moment auszuruhen. Über ihr besiegte das siebenköpfige Seeungeheuer die Krake. Die böse Krake floh.

Als Max die Augen öffnete, sah er vor sich Maries Medaillon. Er griff danach und verbarg es vor Kros Augen in seiner rechten Faust. (Natürlich war Max mittlerweile auch klar, dass Zonk und Kro ein und dieselbe Person waren.)

Ich habe gerade meine Schwester in einen Delphin verwandelt, dachte er. Ich habe es wirklich getan. Es funktioniert tatsächlich! Aber was jetzt?

Stolz reichte Kro ihm die Hand. „Steh auf, mein Junge! Am Anfang ist jeder Zauber, der gelingt, eine Sensation. Daran wirst du dich im Laufe deiner Zauberkarriere gewöhnen. Ich werde dir alles beibringen, was ich selbst kann. Du sollst mein Nachfolger werden. Aber jetzt ruh dich erst einmal aus. Du bist bestimmt müde. Morgen beginnen wir mit deiner Ausbildung."

Max rappelte sich auf. „Nein, es geht mir gut, Opa! Lass uns gleich damit anfangen. Ich bin topfit!"
Kro grinste genüsslich. „Das gefällt mir! Was willst du zuerst lernen? Wie man den Himmel verdunkelt oder Blitze einschlagen lässt?"
„Sag mal", fragte Max, „wie hast du Entenfuß in einen Wattwurm verwandelt? Das hat mir am besten gefallen."
Kro zeigte auf den Piraten, der Sportlehrer werden wollte. „Guck ihn dir genau an!", befahl der Zauberer. „Und dann stell dir vor, wie aus ihm ein Wattwurm wird! Konzentrier dich ganz darauf. Lass keinen anderen Gedanken zu und spüre die unendliche mystische Kraft in dir."
Der Pirat begann vor Angst zu zittern. „N-nicht, M-Meister Kro. I-Ich war d-doch immer ein treuer D-Diener!".
„Dann dienst du mir jetzt eben als Wattwurm", donnerte Kro. Dann zog er Max zu sich und ermunterte ihn: „Strecke deinen Finger nach ihm aus und feuere deine Energie auf ihn ab!"
Max tat, wie Kro es von ihm forderte. Er zielte mit seinem Finger auf den zitternden Piraten.
„B-bitte n-nicht, Meister Max!", flehte der.
Doch Max wusste genau, was er tat. Er schloss die Augen und stellte sich vor, der Pirat sei ein Wattwurm. Dann durchströmte Max wieder dieser kribbelnde Energiestrom. Jetzt begann auch er am ganzen Körper

zu zittern. Aber nicht aus Angst, sondern wegen der vibrierenden Zauberkraft in ihm. Ein heller Blitz fuhr aus seinem Finger und traf den Piraten.
Max öffnete die Augen. Hatte sein Zauber geklappt? Da, wo vorher der Pirat gestanden hatte, sah er dichten Qualm. Es roch so schwefelig wie an Silvester, nachdem Raketen gezündet worden waren. Max wedelte mit den Armen den Rauch davon. Auf den Schiffsplanken kroch ein kleiner Wattwurm über das Deck.
„Ha, ha, ha!", lachte der Zauberer. „Für den Anfang nicht schlecht, Max. Du bist eben mein Fleisch und Blut."
Max fürchtete sich ein bisschen vor sich selbst. Seine Klassenkameraden würden ihm nie abkaufen, was er da gerade getan hatte. Sie würden wahrscheinlich glauben, dass er ein Lügner sei und dass er nur auf sich aufmerksam machen wollte. Aber das war ihm momentan ziemlich egal. Er wollte nur sich und seine Schwester retten. Sie mussten zurück in die Wirklichkeit zu ihrer Oma und Herrn Meister. Zumindest hoffte Max, dass es diese Wirklichkeit noch gab.
„Und jetzt?", fragte er. „Kann man das auch wieder rückgängig machen?"
Kro freute sich über den Lerneifer seines Enkels. Er nickte gnädig. „Aber sicher. Du kannst diesen Wattwurm in alles verwandeln, was du willst. Eine Stehlampe. Eine Unterhose. Oder ein Riesenmonster. Mit deinem Willen schaffst du alles."

„Dann will ich, dass er wieder ein Pirat wird und Entenfuß auch."
„Tu, was dein Herz begehrt", willigte Kro ein. „Aber das ist nur einfache Magie. Sozusagen für Anfänger. Stell dir vor, dass sie deine treu ergebenen Diener werden, dann gehören dir ihre Seelen für immer. Das ist die wahre Kunst der schwarzen Magie. So wirst du ein Herrscher. Zwing ihnen deinen Willen auf."
Langsam begriff Max, wie Kro sich das Elfenreich untertan gemacht hatte. Er richtete seine ganze Aufmerksamkeit auf die beiden Wattwürmer. Der Rest der Mannschaft sah ihm staunend zu, denn sie erkannten in ihm bereits Kros Nachfolger. Doch aus den zwei Wattwürmern wurden keine Piraten, sondern grüne Hängebauchschweine. Die Mannschaft wusste nicht, ob sie lachen durfte oder nicht. Erst Kros dröhnendes Lachen erlaubte den Piraten mit einzustimmen.
Am liebsten hätte Max sich bei den Hängebauchschweinen entschuldigt, doch das hätte ihn verraten. Er ließ Kro in dem Glauben, er habe es absichtlich getan.
Die krummbeinigen Schweine kamen zu Max, um ihm die Füße zu lecken, und er tat so, als ob ihm das gefallen würde. Beim erneuten Versuch gelang es Max die Hängebauchschweine wieder in ihre ursprüngliche Gestalt zu verwandeln. Die beiden Piraten schüttelten sich, dann fielen sie vor Max auf die Knie.
Entenfuß verneigte sich und grunzte: „Ehrwürdiger Meister Max! Ich stehe stets zu Ihren Diensten!"

Der Steuermann fuhr sein Fernrohr aus. „Kapitän! Ich melde gehorsamst!“, rief er. „Wir nähern uns unserem Piratenhafen.“
Kro legte seinen Arm um Max und blickte auf die steil aufragenden Felsen. „Endlich kann ich dir dein Zuhause zeigen, Max. Da gehörst du in Wahrheit hin! Diese Insel soll einmal dir allein gehören.“
Max blickte nach vorne. Ihm kamen die schroffen Felsen bekannt vor. Aber einen Hafen konnte Max beim besten Willen nicht erkennen.
„Wo fahren wir hin, Opa?“, fragte er. „Da ist doch kein Hafen. Wir werden die Klippen rammen.“
„Keine Angst, mein Junge“, erwiderte Kro. „Wir sind dort sicher. Jedes andere Schiff würde an den Felsen zerschellen, aber wir kennen die schmale Durchfahrt.“
Max zeigte auf die dunkle Felswand. „Ist das das Reich der Elfen?“
Der Zauberer Kro, immer noch in Gestalt des Kapitäns, schüttelte den Kopf. „Das war es mal vor sehr langer Zeit. Jetzt ist es mein Reich, das Reich des mächtigen Zauberers Kro!“
Kros schauderhafte Worte drangen bis zu den Klippen vor und kamen als Echo wieder zurück.
Neben dem Schiff sprang ein Delphin aus dem Wasser, doch niemand bemerkte ihn. Es war, als würde der Delphin versuchen, Kontakt zu Mo, der Galionsfigur, aufzunehmen. Marie war dem Piratenschiff die ganze Zeit gefolgt.

Der Kapitän lief zum Heck des Schiffes und stieß Beule, den Steuermann, weg. „Verschwinde, du Tölpel! Ich lenke das Schiff lieber selbst durch die Meerenge. Beim letzten Mal hättest du uns fast versenkt. Sei froh, dass du überhaupt noch da bist!"

Max stand am Bug des Schiffes neben der hölzernen Engelsfigur und hielt nach Marie Ausschau. Das Schiff fuhr auf die Klippen zu. Hinter ihnen leuchtete ein blaues Licht. Es kam Max bekannt vor und sah aus wie das Leuchten des kalten Feuers, welches das Eisschloss umgab. Schon einmal hatte er vor dem Schloss gestanden und fast das kalte Feuer berührt. Doch wer das tat, erstarrte zu Eis.

So wie Marie, als sie noch kein Delphin war, hörte plötzlich auch Max eine leise Stimme.

„Na endlich, Max. Da bist du ja!"

Max fuhr herum, aber hinter ihm war niemand zu sehen.

„Hier bin ich!", wisperte die Stimme wieder. „Die Galionsfigur, Max! Bitte befreie mich."

Erstaunt blickte Max auf den hölzernen Engel. „Mo? Die kleine Libelle? Bist du es wirklich", fragte Max verwundert.

„Nicht so laut, Max!", bat Mo. „Oder willst du uns unnötig in Gefahr bringen? Ich habe alles mitbekommen, was an Bord geschehen ist."

„Wo ist Marie?", entfuhr es Max. „Ich hatte keine andere Wahl!"

Mo beruhigte Max: „Ich weiß. Es ist nicht deine Schuld, Max. Du bist sehr klug und mutig. Der Zauberer glaubt, du wärst auf seiner Seite. Er hat bisher noch keinen Verdacht geschöpft. Aber Marie ist uns die ganze Zeit gefolgt."

Da erhob sich aus dem Wasser der Delphin. Elegant sprang er hoch und küsste Max. Der war überglücklich seine Schwester wiederzusehen und hatte Tränen in den Augen.

„Marie!", flüsterte er. „Ich werde dich sofort wieder zurückverwandeln."

Mo hielt Max zurück. „Noch nicht. Das ist zu gefährlich. Warte erst, bis wir im Hafen sind."

„Und dann?", wollte Max wissen. „Wir brauchen ein Tor in die Menschenwelt. Ist es denn weit bis zum Elfenversteck?"

Das Piratenschiff wackelte und schrammte an den Felsen vorbei. Max hielt sich an der Galionsfigur fest.

„Das Elfenversteck ist am anderen Ende der Insel", erklärte Mo traurig. „Viel zu weit weg."

Max bohrte weiter. „Und der Drachenfriedhof? Auch dort gibt es ein Tor in die Menschenwelt. Wir sind schon einmal dadurch zurückgekommen."

„Vergiss es!", antwortete Mo. „Das ist noch weiter weg. Ganz im Südosten!"

Max erschrak. „Aber dann bleibt ja nur noch das Tor im Eisschloss!"

„Dort soll es eins geben, Max", erwiderte Mo. „Aber

man sagt, dass niemand außer Kro selbst das Schloss je lebend verlassen hat."

In Max' Magen begann es zu grummeln. Ein flaues Gefühl breitete sich aus.

Der Delphin reckte sich aus dem Wasser und sprach mit Maries Stimme: „Es gibt einen besseren Weg! Direkt am Hafen der Piraten gibt es unter Wasser eine Felsspalte. Die führt zurück in unsere Welt."

„Woher weißt du das, Marie?", fragte Mo.

Der Delphin stieg hoch aus dem Wasser und blieb auf seiner rudernden Schwanzflosse stehen. „Das siebenköpfige Ungeheuer hat es mir erzählt. Es war einst eine Meerjungfrau und steht uns im Kampf gegen Kro zur Seite."

„Dann ist es also wahr", sagte Mo. „Ich dachte immer, es sei nur ein altes Märchen, dass es dieses Tor unter Wasser gibt. Wir Elfen konnten es ja leider auch nie benutzen."

„Wieso?", fragte Max ungeduldig. „Stimmt mit dem Tor etwas nicht?"

„Wir sind Elfen, Max", antwortete Mo. „Wir können zwar fliegen und uns in Menschen verwandeln. Aber schwimmen und tauchen ist uns fremd."

„Dann verzaubere ich dich jetzt auch in einen Delphin, Mo. In der Menschenwelt bist du sicherer. Da ist Kros Macht begrenzt", schlug Max vor.

Er richtete seine Finger auf die Galionsfigur und konzentrierte sich. Das Medaillon mit dem Foto seiner Eltern hielt er immer noch fest in der Hand. Es war, als würde Energie daraus strömen und durch seine Finger fließen.

„Beeil dich, Max!“, warnte Marie.

Da durchfuhr ein Blitz die hölzerne Engelsfigur. Ihre Flügel leuchteten. Mo löste sich vom Schiff und stürzte kopfüber ins dunkle Meer. Aufgeregt beugte sich Max über die Reling und atmete erleichtert auf. Unter ihm schwammen jetzt zwei Delphine.

Nun versuchte Max sich selbst in einen Delphin zu verwandeln. Doch da unterbrach ein Poltern seine Zauberei. Der dicke Koch stand auf einmal vor ihm.

Er zog seinen Krummsäbel und drohte: „Was machst du da, hä? Du führst doch irgendetwas im Schilde, oder?“

Erschrocken schüttelte Max den Kopf.

„Ich? Ähm, nein. Ich sehe nur den Delphinen hier zu.“

„Kapitän!“, brüllte Beule, der Steuermann. „Unsere Galionsfigur ist weg!“

Der Zauberer Kro steuerte das Piratenschiff in Richtung Hafen. Rechts und links vom Schiff ragten scharfkantige Felsen wie riesengroße Reißzähne aus dem Meer empor. Als Kro die Worte des Steuermanns hörte, zuckte er zusammen, als hätte ihm jemand etwas an den Kopf geworfen. Er konzentrierte sich nicht mehr auf seinen Weg, sondern drehte sich zu Max um.

Sofort rissen die spitzen Felsen den Schiffsrumpf auf. Das Holz krachte knirschend auseinander, die Schiffswände brachen entzwei.

Aber das störte Kro überhaupt nicht. So schnell er konnte, flog er wie eine große Fledermaus zu seinem Enkel. Beule versuchte das Schiff wieder auf Kurs zu bringen. Doch es lief schon voll Wasser und schlug immer wieder gegen die Klippen. Starke Wellen kamen auf und drückten das Piratenschiff gegen die Felswand.
„Spring endlich, Max!", schrie Marie.
Max fühlte sich, als stünde er gelähmt in einem brennenden Haus. „Aber ich kann mich selbst nicht verwandeln!", brüllte er. „Das habe ich noch nicht gelernt."
Nur wenige Meter von Max entfernt landete Kro. Drohend kam der Zauberer auf Max zu und streckte ihm die Hand entgegen. „Auch das kann ich dir noch zeigen, meine Junge", säuselte er. „Du kannst dich verwandeln, in was du willst. Komm mit mir. Du gehörst zu mir. Mein Reich ist dein Reich."
„Max, spring!", flehte Marie. „Bis zum Tor unter Wasser ist es nicht weit. Halte dich an meiner Rückenflosse fest, ich werde dich zur Felsspalte führen. Halte die Luft an!"
Über Max zerbrach ein Mast. Die schwere Spitze krachte nach unten. Max zog unwillkürlich die Schultern hoch und den Kopf ein.
Marie sah das zentnerschwere Teil auf ihren Bruder heruntersausen. Sie schrie: „Maaaax!"
Kro riss seinen linken Arm in die Höhe und gebot dem Mast Einhalt. Es war eine Demonstration seiner Macht. Nichts weiter.
Verzweifelt sprach Max voller Inbrunst immer wieder

dieselben Worte: „Ich will ein Delphin sein. Ein Delphin. Ein Delphin!"
Er hängte sich das Medaillon um den Hals und stellte sich vor, wie er als Delphin mit seiner Schwester und Mo durch die Felsspalte unter Wasser in die Menschenwelt zurückschwamm. Aber es nutzte nichts. Er wurde kein Delphin. Max blieb Max. Über ihm schwebte drohend der Mast.
Das Schiff wurde hin und her geworfen. Es drohte auseinander zu brechen.
Der Steuermann versuchte mit letzter Kraft das Schiff unter Kontrolle zu bekommen. Doch das Steuerrad drehte sich zu schnell.
Den Zauberer Kro schien das keineswegs zu stören. Er fühlte sich stark und mächtig. „Das Schiff wird untergehen, Max. Aber ich kann so viele neue erschaffen, wie ich will! Morgen schon könnten wir eine Flotte anführen. Du und ich, wir beide!"
Das Medaillon brannte auf seiner Brust, doch Max zitterte vor Kälte. Die Piratenkleider klebten feucht an ihm. „Nein, Kro!", protestierte er. „Ich gehöre nicht zu dir, sondern nach Hause zu Marie und meiner Oma. Lass mich in Ruhe, du bist nur ein böser alter Mann! Du willst doch gar nichts Gutes!"
Kro schüttelte den Kopf. „Sieh nach oben, Max! Der Mast hätte dich erschlagen, oder etwa nicht? Ich habe dich gerettet und nicht Marie oder deine Großmutter. Diese jämmerlichen Würmer!"

Marie und Mo riefen: „Komm, Max! Spring!"
Kro ließ die abgebrochene Spitze des Mastes nach oben schweben. Dort fügte sie sich mit dem Rest wieder zusammen. Es war, als wären die Holzteile lebendig und würden miteinander verschmelzen.
Max ließ sich weder von Kros Worten noch von seinen Taten beeindrucken. Er setzte zum Sprung an.
„Tu's nicht!", warnte der Zauberer. „Du wirst dir an den Klippen den Schädel einschlagen. Wenn du springst, werde ich dich nicht mehr retten. Es ist vorbei, Max. Gib auf! Du gehörst mir!"
Max erinnerte sich an seine letzte Schwimmprüfung. Er hatte Angst gehabt vom Dreimeterbrett zu springen und deshalb sein Abzeichen noch nicht bekommen. Dann sah er nach unten und ihm wurde schwindelig. Hier war es mindestens fünf Meter tief. Kro hatte Recht. Dort unten ragten Felsspitzen aus dem Wasser.
Die beiden Delphine sprangen abwechselnd aus dem Wasser.
„Hab keine Angst, Max!", ermutigte Marie ihren Bruder. „Spring zwischen Mo und mir ins Wasser. Hier ist es tief genug, dir wird nichts geschehen."
Max holte tief Luft. Dann blickte er nach unten und hielt sich die Nase zu. Bevor Kro nach ihm greifen konnte, schloss er die Augen und sprang in die Tiefe. Er platschte ins Wasser. Es war bitterkalt. Schon waren die beiden Delphine neben ihm. Max klammerte sich rechts und links an die Rückenflossen der Delphine,

atmete ein und hielt die Luft an. Dann tauchten Marie, Mo und Max pfeilschnell ins Meer hinab. Der Druck auf Max' Ohren wurde immer stärker. Seine Lungen taten weh und er wünschte sich nichts sehnlicher, als wieder atmen zu können und das Gulasch seiner geliebten Oma zu riechen.

Hinter ihnen nahm der Zauberer Kro die Verfolgung auf. So wie der Weihnachtsmann auf seinem Schlitten durch die Lüfte düste, so sauste Kro heran. Nur, dass sein Schlitten nicht von zahmen Rentieren gezogen wurde, sondern von vier zähnefletschenden Killerhaien. Max spürte die nahende Ohnmacht. Er würde nur noch ein paar Sekunden durchhalten. Hinter ihm schnappten die Haie nach den Schwanzflossen der Delphine.

Vor den drei Freunden tat sich das Tor zur Menschenwelt auf. Es wirkte unauffällig, gar nicht so, wie man sich ein so wichtiges Tor vorstellt. Als Marie und Max zum ersten Mal das Elfenreich verließen, hatten die beiden durch ein steinernes Drachenmaul nach Hause zurückgefunden. Dieses Tor hier war von Muscheln und Korallen bewachsen und sah harmlos aus. Zwei Krebse flohen, als sie die wilde Horde kommen sahen.

Sobald sie das Tor durchquert hatten wurde das Wasser wärmer. Hinter ihnen sank das Piratenschiff fast schwebend nach unten. Große Luftblasen blubberten daraus empor. Mit ihnen versuchten sich die Piraten zu retten. Hinter dem Tor zog ein Strudel Marie, Max und Mo nach oben an die Wasseroberfläche.

Die Rückkehr

Marie tauchte als Erste auf. Sie war kein Delphin mehr. Sofort sah sich die gute Schwimmerin nach ihrem Bruder um. Aber sie konnte ihn nicht entdecken. Marie saugte Luft in ihre Lungen und tauchte sofort wieder ab. Da sah sie Max nur wenige Meter von sich entfernt. Er trieb bewegungslos im Wasser. Marie war mit drei schnellen Zügen bei ihm. Sie sah sofort, dass er ohnmächtig war, packte seinen Kopf und zog ihn über Wasser. Da sie Max mit beiden Händen festhalten musste, brauchte sie kräftige Beinbewegungen, um nicht mit ihm unterzugehen. Ihre ganze Zeit im Schwimmverein kam ihr jetzt vor wie eine einzige Vorbereitung auf diesen Moment. Zuerst hatte sie mit Mama trainiert. Später dann alleine.

„Max!“, schrie sie. „Max, wach auf! Atme! Atme endlich!“

Doch Max schien ihre Worte nicht zu hören. Tränen schossen Marie in die Augen. Da flatterte über ihr die kleine Elfe Mo. Ihre schillernden Flügel waren noch tropfnass.

Elisabeth

Mo hauchte Max an und streute ein bisschen Elfenstaub auf seine weiße Nase. Gleich machte Max einen tiefen Atemzug. Dann musste er niesen.

„Er lebt! Er lebt!“, jubelte Marie. Dabei schwappte eine Welle über sie. Marie schluckte Salzwasser und hustete.

„Willkommen in der Menschenwelt“, sagte Mo. „Ihr habt es geschafft. Ihr seid so mutig! Ihr seid wirklich die auserwählten Kinder. Wenn jemand das Elfenreich retten kann, dann ihr.“

Max begann jetzt selbstständig mit Schwimmbewegungen. Es war ihm ein bisschen unangenehm, dass Marie ihn über Wasser hielt. Er schüttelte sich.

„Lass mich los!“, forderte er. „Ich kann selbst schwimmen.“

„Klar, großer Zauberer, dass kannst du“, freute sich Marie.

In diesem Moment sahen sie fast gleichzeitig vor sich das Segelschiff.

Laut las Max die Aufschrift vor: „Elisabeth!“

Mo setzte sich auf Maries Kopf. Sie kam sich immer noch ein bisschen steif vor. Schließlich war sie sehr lange eine unbewegliche Holzfigur an Kros Schiff gewesen.

Herr Meister winkte ihnen fröhlich von Bord der Elisabeth zu. Es war ein Lächeln in sein Gesicht gemeißelt, das Marie erschaudern ließ. Herr Meister warf den Geschwistern eine Strickleiter nach unten. Mit der gleichen Geste hatte er es vorher als Piratenkapitän Zonk getan.

„Wie seid ihr denn ins Wasser gekommen, Kinder?“, fragte Herr Meister freundlich. Er tat, als hätte er keine Ahnung von dem, was gerade eben geschehen war. „Wir haben doch Badesachen mit – warum springt ihr angezogen ins Meer?“

Max kletterte als Erster an Bord. Am liebsten hätte er Herrn Meister vor Wut ins Wasser gestoßen, aber Max wusste, dass er so nicht weiterkam. Hinter Max zog sich Marie die wackelige Leiter hoch. Mo saß immer noch in ihren Haaren und trocknete ihre Flügel.

Als Herr Meister die Hand nach Marie ausstreckte, glaubte sie zuerst, dass er ihr auf das Schiff helfen wollte. Aber stattdessen versuchte er Mo zu fangen. Sie flatterte hoch und entwischte seinem Zugriff. Sofort versuchte er es noch einmal.

„Hey!“, rief Max. „Was machen Sie da? Lassen Sie Mo in Ruhe!“

„Das ist eine Libelle!“, verteidigte sich Herr Meister. „Fast hätte sie Marie gestochen.“

„Libellen stechen nicht! Das wissen Sie genau“, schimpfte Marie.

Max stellte sich Herrn Meister in den Weg, um Mo die Möglichkeit zur Flucht zu geben.

In dem Moment erschien Oma an Deck. Sie kam aus der Kombüse und trug ein Tablett mit einer Teekanne und vier Tassen.

„Ich habe einen Kräutertee gekocht. Der ist gut für den Magen.“

Erst jetzt sah sie, wie nass die Kinder waren. Erstaunt stellte Frau Klaphecke das Tablett ab.
„Du liebe Güte! Was habt ihr denn gemacht? Kann man euch denn keine Sekunde mehr alleine lassen?“
Herr Meister beruhigte Frau Klaphecke: „Alles halb so wild, Elisabeth! Es ist gerade noch mal gut gegangen. Marie ist ausgerutscht und ins Wasser gefallen, aber zum Glück hat Max sie wieder herausgeholt.“
Zornig stampfte Marie mit dem Fuß auf. „Das stimmt nicht! Ich habe Max gerettet. Hast du vergessen, wie gut ich schwimmen kann, Oma?“
„Ist ja gut, Marie!“, beschwichtigte Herr Meister. „Das kann doch jedem mal passieren.“
Max zog sich sein nasses T-Shirt über den Kopf und wrang es aus. Dann griff er nach dem Medaillon. Es hing noch um seinen Hals, und er wusste, dass davon eine besondere Kraft ausging, die ihn und Marie beschützte. Vorsichtig trocknete er es ab.
Marie zeigte mit dem Finger auf Herrn Meister. Sie konnte sich nicht mehr zurückhalten. Es platzte alles aus ihr heraus. „Oma! Du musst mir glauben! Der da ist der böse Zauberer Kro. Als du den Tee gekocht hast, hat er ein Seeungeheuer auf mich gehetzt. Wir waren an Bord eines Piratenschiffes, und er hat Max das Zaubern beigebracht.“
„So, so“, antwortete Frau Klaphecke kopfschüttelnd. „Er hat also ein Seeungeheuer auf dich gehetzt.“ Mit Blicken bat sie Herrn Meister um Verzeihung für die

Unverschämtheiten ihrer Enkelin. Sie selbst war solche Geschichten von Marie gewöhnt. Vor allem, wenn Marie keine Lust auf ihre Hausaufgaben hatte, erfand sie immer irgendwelche unglaublichen Geschichten. Prüfend sah Frau Klaphecke Marie an.

Max stand seiner Schwester zur Seite. „Es stimmt, Oma! Ich habe Marie in einen Delphin verwandelt, um sie zu retten. Kros Piraten haben sie einfach über Bord geworfen. Mir blieb keine andere Wahl. Dein Herr Meister ist in Wahrheit ein Schwarzmagier, Oma! Er will auch aus mir einen machen."

„Das ist ja interessant, Max!", antwortete Frau Klaphecke und nahm die Zuckerdose vom Tisch. „Wenn du ein so großer Zauberer bist, dann verwandle doch diesen einfachen Zucker hier in ein paar leckere Kandisstückchen. Am liebsten in die braunen. Die mag ich so gerne."

Das ließ sich Max nicht zweimal sagen.

Herr Meister sah den Jungen an und nickte. Er zeigte auf die Zuckerdose und sagte: „Wer seine Schwester in einen Delphin verzaubern kann, für den wird das doch kein Problem sein."

Max hörte den Spott in Herrn Meisters Stimme. Dann schloss er die Augen. Er richtete seine ganze Aufmerksamkeit auf den Zucker in der Dose und stellte sich vor, wie der weiße Zucker sich in braune Kandisstückchen verwandelte. Doch Max fühlte kein Kribbeln durch seinen Körper gehen. Er spürte nur ein Frösteln auf seiner

Haut. Auch die unglaubliche Kraft, die er auf dem Piratenschiff in sich gehabt hatte, war verflogen.

„Na gut, Max!“, sagte Frau Klaphecke. „Dann trinken wir den Tee eben mit weißem Zucker.“

Max hasste es diese Ohnmacht in sich zu spüren.

Herr Meister schlug nach der Elfe Mo. „Ich kann diese Stechdinger einfach nicht ausstehen“, knurrte er.

Marie griff das nasse T-Shirt von Max und warf es nach Herrn Meister. „Lass bloß Mo in Ruhe, du Blödmann!“

Omas Gesicht wurde ernst. Sie blickte nicht mehr so verständnisvoll drein wie sonst, sondern wirkte betroffen. „So, Kinder. Jetzt reicht es mir aber!“, sagte sie mit bebender Stimme. „Ich lasse mir das nicht mehr bieten! Ihr werdet Herrn Meister ab sofort anständig behandeln, habt ihr mich verstanden? Wir werden noch in diesem Jahr heiraten!“

Marie kriegte kein Wort heraus. Max sagte nur trocken: „Na dann, herzlichen Glückwunsch.“

Sie spürten beide: Nicht nur das Elfenreich, auch sie selbst waren in großer Gefahr.

Das Reich der Elfen
Piratenhafen
Höhl
das Eisschlos